1981

OS PENSAMENTOS NO TETO DO MUNDO
VIAGEM AO HIMALAIA

Editora Appris Ltda.
1.ª Edição - Copyright© 2023 do autor
Direitos de Edição Reservados à Editora Appris Ltda.

Nenhuma parte desta obra poderá ser utilizada indevidamente, sem estar de acordo com a Lei nº 9.610/98. Se incorreções forem encontradas, serão de exclusiva responsabilidade de seus organizadores. Foi realizado o Depósito Legal na Fundação Biblioteca Nacional, de acordo com as Leis nos 10.994, de 14/12/2004, e 12.192, de 14/01/2010.

Catalogação na Fonte
Elaborado por: Josefina A. S. Guedes
Bibliotecária CRB 9/870

S237p 2023	Santos, Wagner Ferreira dos Os pensamentos no teto do mundo : viagem ao Himalaia / Wagner Ferreira dos Santos. - 1. ed. - Curitiba : Appris, 2023. 212 p. ; 21 cm. Inclui referências. ISBN 978-65-250-3979-4 1. Himalaia, Montanhas do, Região – Descrições e viagens. 3. Nepal. I. Título. CDD – 954.96

Appris
editora

Editora e Livraria Appris Ltda.
Av. Manoel Ribas, 2265 – Mercês
Curitiba/PR – CEP: 80810-002
Tel. (41) 3156 - 4731
www.editoraappris.com.br

Printed in Brazil
Impresso no Brasil

Wagner Ferreira dos Santos

OS PENSAMENTOS NO TETO DO MUNDO
VIAGEM AO HIMALAIA

FICHA TÉCNICA

EDITORIAL	Augusto Vidal de Andrade Coelho
	Sara C. de Andrade Coelho
COMITÊ EDITORIAL	Marli Caetano
	Andréa Barbosa Gouveia (UFPR)
	Jacques de Lima Ferreira (UP)
	Marilda Aparecida Behrens (PUCPR)
	Ana El Achkar (UNIVERSO/RJ)
	Conrado Moreira Mendes (PUC-MG)
	Eliete Correia dos Santos (UEPB)
	Fabiano Santos (UERJ/IESP)
	Francinete Fernandes de Sousa (UEPB)
	Francisco Carlos Duarte (PUCPR)
	Francisco de Assis (Fiam-Faam, SP, Brasil)
	Juliana Reichert Assunção Tonelli (UEL)
	Maria Aparecida Barbosa (USP)
	Maria Helena Zamora (PUC-Rio)
	Maria Margarida de Andrade (Umack)
	Roque Ismael da Costa Güllich (UFFS)
	Toni Reis (UFPR)
	Valdomiro de Oliveira (UFPR)
	Valério Brusamolin (IFPR)
SUPERVISOR DA PRODUÇÃO	Renata Cristina Lopes Miccelli
ASSESSORIA EDITORIAL	Nathalia Almeida
REVISÃO	Andrea Bassoto Gatto
	Monalisa Morais Gobetti
PRODUÇÃO EDITORIAL	William Rodrigues
DIAGRAMAÇÃO	Bruno Ferreira Nascimento
CAPA	Eneo Lage

Agradeço a Deus, pela inspiração para escrever este livro.
A minha devoção a Nossa Senhora Aparecida e a Santa Terezinha.
Aos meus pais, em especial a minha mãe (em memória), que não
mediram esforços na minha formação.
A minha esposa, Ana Denise, pelo incentivo e pelo entusiasmo.
A minha irmã e a minha sobrinha — obrigado pelo apoio de sempre.

AGRADECIMENTOS

Agradeço a todos que participaram de alguma forma da viagem. Vocês são especiais!

A Carolina Silva (Carol), Honey Moon Turismo – Belo Horizonte, pela estrutura e pelo planejamento da viagem.

Aos amigos Luiz Renato Paim, Ana Cassago, Eloisa Bohnenstengel, Claudinei Mariano (Ney), Carlos Amaral, Flavio de Checchi, Cássio Valente, Dom Orlando Brandes, Pe. Jadir Teixeira, Robert Van Dijk, Nicolas Fachina, Mario Okazuka, Sérgio Maeda, Fábio Martins, Flávio Lapertosa, Korkut Germiyanoglu (guia em Istambul), Pushakan Dangol (guia no Nepal), Makula Kumar (guia Sherpa), Bhakta (Sherpa).

Ao amigo e padrinho, Silvonei José, pelo incentivo e pelo prefácio deste livro.

Talvez não tenha conseguido fazer o melhor, mas lutei para que o melhor fosse feito. Não sou o que deveria ser, mas, graças a Deus, não sou o que era antes.

(Martin Luther King)

PREFÁCIO

Quem não gostaria de viajar pelo mundo e poder gastar as solas dos sapatos em trilhas nunca antes consumidas pelos passos? Criar uma aventura que poderia fazer tremer corpo e alma diante da grandeza do mundo que nos circunda. Muitas vezes, o difícil é decidir por uma aventura assim por causa dos tantos medos que rodeiam o desconhecido, até mesmo o desconhecido dentro de nós, o desconhecido das nossas forças. Mas há quem se decide fazê-lo. Esta é a experiência de quem decidiu e fez...

Os pensamentos no teto do mundo: viagem ao Himalaia narra isto: a surpreendente experiência do nosso autor, "peregrino", que ao embarcar para uma longa viagem rumo a um país pouco conhecido e situado quase aos antípodas do Brasil, despachou no guichê uma mala que não era a mesma quando voltou para casa.

É metáfora, claro, mas pode-se dizer que é exatamente isso que ocorreu, sem tirar nem pôr. De acordo com a experiência de todos aqueles que já tiveram a sorte de embarcar numa viagem como essa, de sair para um destino desconhecido, de ir, uma vez na vida, quem sabe, ao Nepal, o ir não é o mesmo do voltar. É partir pequeno e voltar grande.

A viagem extraordinária do "peregrino no teto do mundo", cujo andamento foi muito mais além das suas expectativas, como não poderia deixar de ser, tornou-se uma viagem interior, mais do que uma viagem dentro da natureza incontaminada e deslumbrante ainda existente nessa parte do mundo, apesar do dilatar da poluição e da exploração do território.

O teto do mundo, descrito pelo nosso "peregrino" e constituído pelas alturas majestosas do Himalaia, recorda a Amazônia e o conjunto de emoções que provoca. Emoções fortes — para não dizer violentas —, e que suscitam em qualquer um — se bem que se trate de dois ambientes completamente diferentes — algo transformador, que não nos deixa indiferentes: montanhas que tocam o céu e árvores que cobrem a terra.

Ambos os ambientes são o retrato da Criação, onde a Natureza, absoluta, ainda se impõe sobre o homem que já a conquistou e fez valer a sua vontade nas restantes partes do planeta. Nesses dois mundos, o homem ainda é um menino.

No nosso caso, o olhar é para o Himalaia. Subir o "teto do mundo" é uma experiência que muda para sempre a vida de quem tem a coragem de trilhar esse caminho. É a experiência de algo tão forte e completo que se aproxima do Divino mais do que qualquer outra coisa imaginável no nosso mundo de hoje. Lá em cima tudo é essencial, tudo no seu lugar; aqui embaixo tudo governado pelas leis do descartável, do tudo já, do mundo virtual e da necessidade, que tornou vício estarmos conectados a toda hora para existirmos. No "teto tenho pouco e sou feliz".

Lá, a única conexão é com si próprio, e somos obrigados a escutar. Quanta escuta nos falta neste mundo cheio de barulho! Lá, natureza e coração se sintonizam. E lá, "no teto do mundo", em plena conexão consigo, a tão necessária conexão informática, da qual tanto dependemos e sem a qual não seria mais possível viver no mundo hodierno, revela-se efêmera e inútil. Lá se está conectado sem fios e sem ondas magnéticas.

Isso é exatamente o que a envolvente narração do nosso "peregrino", rica em emoção e estupor, diz: a felicidade reside em pequenas coisas e só cabe a nós procurá-la. E ele descreve esse mundo pequeno feito de grandes momentos.

Assim, uma subida a uma altura íngreme e perigosa torna-se um momento de intensa felicidade, capaz de fazer esquecer o esforço físico e as condições ambientais adversas. Não é masoquismo, pois lá, "no teto do mundo", no meio do nada, mas circundado de tudo, longe do mundo sem freios da nossa sociedade, sem conexão, à mercê da natureza, pode-se ter a prova contundente do

Divino, que é sinônimo de felicidade para quem sabe "se conectar" espiritualmente com Ele.

Boa viagem, então, a você que vai adentrar na aventura do "irmão" Wagner. Que nasça em cada um o desejo de ficar com vontade de descobrir seu próprio "teto do mundo" — porque existe um "teto" diferente para cada "peregrino-alpinista" que aceita o desafio de conquistá-lo, o desafio de sair para viver, de subir para descer, de se perder para se encontrar. É hora de buscar o seu "teto".

Silvonei José Protz

Diretor na Radio Vaticano, Vatican News

SUMÁRIO

1
A MOTIVAÇÃO............................17

2
OS PREPARATIVOS.........................21

3
O DIA CHEGOU............................27

4
A MARAVILHOSA ISTAMBUL.................29

5
OS CONTRASTES DE KATHMANDU.............55

6
A VIAGEM PARA LUKLA....................79

7
INICIANDO A CAMINHADA..................90

8
O ENTUSIASMO..........................109

9
A SURPRESA............................114

10
EVEREST, O PRIMEIRO ENCONTRO..........119

11
O FRIO................................124

12
GENEROSIDADE 130

13
CONTEMPLAÇÃO 134

14
PENSAMENTOS E O CANSAÇO. 146

15
A FORÇA INVISÍVEL 158

16
A MUDANÇA 163

17
PAZ INTERIOR 174

18
COMUNICAÇÃO 182

19
BAGAGEM MAIS LEVE. 186

20
KALA PATTHAR, A CONQUISTA 192

21
O RETORNO 201

22
OLHAR CORPORATIVO 204

23
GRATIDÃO 207

24
CONSIDERAÇÃO FINAL 209

1

A MOTIVAÇÃO

Sempre desejei conhecer o Himalaia. Adorava assistir aos filmes e aos documentários sobre o Evereste. Pensava que um dia teria coragem de ir à montanha e conhecer sua cultura e seu povo. "Um dia ainda conseguirei ir!", pensava. Lógico que sempre ouvi: "Você é louco".

Nasci no interior de São Paulo, na cidade de Aparecida, e mudei-me para a capital São Paulo em 1999. Sempre gostei de viajar, conhecer culturas novas, as pessoas e a história local, mas até então, mesmo sendo admirador, não encontrava coragem para conhecer a região montanhosa da Ásia.

Na casa de meus pais, minha mãe adorava contar as histórias e mostrar as fotos quando retornava de uma viagem. Era sempre uma alegria. Ela registrava cada viagem a um lugar novo, marcando no mapa-múndi de um livro os locais, e anotava as curiosidades.

Em meados de 2016, minha família foi surpreendida com um problema de saúde com a mamãe. A minha ligação com ela era muito forte e, assim, perdi um pouco o rumo com as notícias.

Entramos em 2017, os problemas de saúde da mamãe foram se agravando, o que deixei afetar não apenas o trabalho, mas também um relacionamento.

Fechei-me e, de forma introspectiva, queria entender aquele momento da vida. Optei em direcionar o foco para o trabalho e não permitir que os problemas comprometessem meu rendimento.

Os meses foram passando e a cada dia eu sentia que precisava fazer alguma coisa para manter minhas forças e meus objetivos.

Em uma noite veio a ideia de fazer uma caminhada — ou trekking — e restabelecer a ligação com o plano espiritual.

Iniciei as pesquisas, avaliando roteiros no Brasil, Argentina, Chile e Europa (com Santiago de Compostela) e o pensamento no Himalaia voltou mais intenso. O desejo era me desligar e me reconectar comigo e com Deus. Porém também percebi que era o momento de reavaliar a minha vida e os meus objetivos. Pouco a pouco, pensamentos estavam fluindo de forma surpreendente.

Descartei alguns dos lugares e me restaram Santiago de Compostela e Nepal. Então, avaliei as dificuldades e os riscos de cada um e percebi que não tinha preparo físico para nenhum dos dois.

Em uma noite, assistindo a alguns vídeos no YouTube, vi que a viagem a Santiago de Compostela seria maravilhosa, mas eu precisava de algo sobre o qual eu não pudesse mudar de opinião. Por exemplo, se eu fosse para Santiago de Compostela e desistisse no caminho, podia ir para um hotel melhor ou solicitar um carro para me buscar.

E no Nepal? Não. Não há estradas, apenas trilhas. Os locais de alimentação e pouso são simples e não há opções. "Nossa!", pensei, é isso que eu busco.

Vivemos em um mundo em que somos induzidos a consumir, seja o veículo novo, o lançamento de um novo celular ou outras coisas. Eu precisava viver o simples naquele momento da minha vida.

Então, era montar a viagem... (kkkkk) Vocês pensam que foi fácil? Não era simplesmente comprar uma passagem aérea para Kathmandu e de lá saber como fazer a caminhada rumo ao Himalaia.

Fiz algumas pesquisas e me deparei com grupos a serem formados conforme a demanda. Nossa, mas eu não posso entrar em um grupo, não tenho o preparo físico adequado para aguentar o ritmo. E agora? Realmente, não era uma boa escolha ir em grupo. Imaginem atrasar a todos devido ao meu ritmo?

Lembrei-me da agência de viagens de uma amiga em Belo Horizonte. Lá fui eu consultar. Para minha surpresa, não era algo absurdo, mas precisava encontrar os fornecedores corretos.

Após alguns dias tinha em mãos o roteiro e os detalhes da viagem, inclusive com a indicação dos níveis de dificuldade dos trechos. Antes de concluir, verifiquei a viabilidade das férias no trabalho. Em alguns dias, o período de férias estava aprovado no sistema e, assim, fechei a viagem!

2

OS PREPARATIVOS

A ideia era de um trekking de um pouco mais de uma semana de duração, no formato individual com um guia.

Observei que alguns nomes dos locais não eram estranhos e lembrei-me deles principalmente devido ao filme *Everest* (2015). Pensei em assisti-lo mais uma vez. Confesso que assisti muitas outras vezes (kkkk).

As pessoas próximas não acreditavam na minha escolha e logo vinham as preocupações com os riscos. No trabalho, meus colegas me achavam louco. Acho que concordo com eles (rsrsrs).

Também não foi uma tarefa fácil conversar com os meus pais. Mamãe começou a rezar tão logo eu contei. Lógico que deixei de falar sobre o aeroporto de Lukla, considerado um dos mais perigosos do mundo. Dei alguns livros do Nepal para ela conhecer. Os livros eram sobre a cultura e nada sobre trilhas ou escaladas. Mamãe adorava ler.

Tentei incluir no roteiro conhecer Butão após Nepal, mas, infelizmente, não conseguiria tirar o visto a tempo para a viagem.

Bem, faltando poucos meses para a viagem passei a fazer atividade física diariamente. Precisava me preparar para a caminhada e ganhar resistência. Mas eu tinha plena consciência de que não seria capaz de adquirir o condicionamento físico adequado em poucos meses. Deveria ser uma prática cotidiana na minha vida.

Eu me sentia bem e motivado com os exercícios diários, mas sabia que na viagem as condições seriam outras devido à altitude e ao peso tanto das roupas como da mochila. Além disso, tudo rondava os meus pensamentos: o trabalho, a viagem e suas dificuldades, o tratamento da mamãe e o fim do relacionamento.

O visto seria obtido em Kathmandu, e faltando um pouco mais de um mês, a ansiedade começou a aumentar. Mas opa... Faltava uma coisa importante. O quê? As roupas apropriadas para as baixas temperaturas.

Aproveitei uma viagem a Nova Iorque para adquirir tudo o que era necessário. A lista incluía calças, botas, blusas impermeáveis e saco de dormir para temperaturas até -20° C; óculos para o sol da neve, meias, bastão de caminhada etc. Lembro-me do peso e do volume, mas estava feliz por a viagem estar se aproximando. Não podia esquecer a preocupação pelos meus 46 anos e sem o devido preparo físico. A cada dia, passava a acreditar que estava louco (rsrsrs).

Em São Paulo, minha amiga Ana Cassago me ajudou, em uma loja próxima ao nosso trabalho, a comprar outros itens importantes, como barra de proteínas e produto específico para colocar no cantil para filtrar a água da neve.

Faltando duas semanas, em um final de semana, levei o equipamento para Aparecida, minha terra natal, para mostrar aos meus pais. Mamãe observou atentamente, pegou algumas coisas e as vestiu, e após alguns instantes disse: "*Agora estou tranquila. Você não irá passar frio*". Achei tão lindo... Meu pai, mais conservador, observou tudo ao lado da mamãe e me disse para ter cuidado. Minha sobrinha Vitória também vestiu a blusa e entrou no saco de dormir. Esse final de semana foi especial. Ela me desejou boa viagem e me abençoou.

Foto 1 – Mamãe: *"Filho, agora você pode ir..."*

Fonte: arquivo pessoal, 2017

No domingo pela manhã fui à missa no Santuário Nacional para rezar e pedir proteção a Nossa Senhora Aparecida. Ao final da celebração, encontrei-me com os amigos D. Orlando e Ney. Falei da viagem e D. Orlando perguntou: *"Mas por que vai tão longe? Visite a serra de Urubici em Santa Catarina. É mais perto"*. Todos rimos. Fiquei feliz ao receber uma benção para uma boa viagem.

No final do dia, ao retornar para São Paulo visitei um colega em São José dos Campos. Na época, Flávio atuava com comércio e pedi balas para levar na viagem. Ganhei um pacote de balas Toffer. Mas não pensem que o intuito era consumir o pacote (rsrsrs). Logo vocês entenderão.

Na mesma semana, ganhei do meu amigo Cássio um super presente: um carregador solar para ser fixado na mochila para uso geral. Sensacional! Um importante artigo para utilizar durante a viagem para carregar baterias, como do celular, da câmera fotográfica, da lanterna e outros.

Com alguns dias antecedendo a viagem, lembrei-me que precisava usar as botas para não ter problemas durante o percurso. Tinha me esquecido dessa situação e isso poderia realmente ser um problema. Mas já era tarde e não tinha o que fazer. Era torcer para dar certo.

Recebi de uma amiga médica, praticante de trilhas, um e-mail indicando uma pequena lista de medicamentos para levar. Importante, afinal, era tudo diferente da minha rotina. Montei o kit anotando as informações para o uso. Separei também a carteira internacional de vacinação da Febre Amarela.

As malas estavam devidamente arrumadas. Uma extensa lista para ter certeza de não estar esquecendo nenhum item. Incluí um gravador portátil para registrar os momentos da viagem. Pensei que seria melhor do que levar um caderno e uma caneta, assim poderia gravar as sensações sem prejudicar a caminhada. A utilização do caderno seria inviável durante ela. Vamos pensar em riscos!

Dois dias antes de partir, tive um agradável almoço com os amigos Maeda e Lapertosa. Um brinde à amizade e à preocupação deles comigo!

Foto 2 – Almoço com amigos

Fonte: arquivo pessoal

No final do dia, após uma reunião de equipe no trabalho, meu gestor Luiz Renato me perguntou se havia comprado lenços umedecidos. Pensei um pouco e perguntei: para quê? Ele respondeu: *"Você está ciente de que durante o trajeto não devem ter muitos sanitários disponíveis? E se você tiver uma necessidade?"*. Nossa! Ele estava certíssimo! Realmente, não tinha pensado nesse detalhe. E que detalhe importante! (rsrsrsrs) Item comprado e devidamente colocado na mala.

Fiz uma nova checagem na lista que havia feito para me certificar de que não estava me esquecendo de nada importante.

3

O DIA CHEGOU

E o dia esperado chegou! Uma grande expectativa! No decorrer do dia recebi ligações e mensagens.

"Que você, durante os próximos dias, aprenda mais ainda a estar junto de Deus" – Mário.

"Que os anjos falem amém" – Fábio.

"O Everest está perto. Vai na fé que por aqui eu estou torcendo por você" – Ney.

"Filha, vamos rezar pro nosso cliente fazer uma ótima viagem..." – mãe da Carol (Honey Moon Turismo).

"Boa viagem. Aproveite muito! Cada segundo! Desligue, desconecte, descarregue a energia e as recarregue. Não se preocupe em chegar ao topo. Aproveite a beleza da caminhada e quando notar já estará lá! Alivie toda bagagem para não ficar pesado demais (em todos os sentidos). Você é vitorioso! Siga em frente! Sempre!" – Carol (Honey Moon Turismo).

"Que Deus te acompanhe e ilumine seus passos por lá" – Carlos.

"Vai com a proteção de Deus e Nossa Senhora Aparecida" – João.

"Deus o abençoe" – Dom Orani.

"Deus o abençoe" – Padre Jadir.

"Boa viagem! Que Deus te acompanhe e que você viva momentos incríveis de reflexão e presencie coisas extraordinárias" – Ana Júlia.

"Boa viagem e cuidado. Aproveite dentro dos limites esse belo passeio" – Rosaura.

"Boa viagem e que esse desafio seja mais uma conquista sua. Não exagera, hein!" – Rigotto.

"Muito legal. Adoro estas coisas de natureza e caminhada"- Diego

E tantas outras que me deixaram emocionado.

O voo, às 4h50 de 25 de novembro de 2017. Grande a expectativa e aguardando os minutos para o embarque para Istambul pela Turkish Airlines. Ao embarcar, pensei uma coisa: "eu sou realmente louco...".

Orei muito ao decolar, pedindo bênção e a proteção de Deus e de Nossa Senhora durante a viagem, e que o retorno fosse com saúde e felicidade.

4
A MARAVILHOSA ISTAMBUL

O voo foi tranquilo. Cheguei em Istambul, na Turquia, à noite.

Foto 3 – Entardecer em Istambul

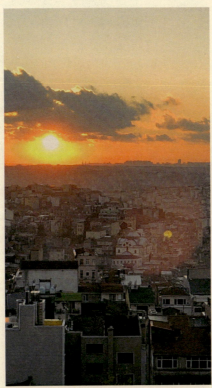

Fonte: arquivo pessoal

Istambul é uma cidade especial. Não apenas pela sua localização, mas pela sua rica história, sua cultura, sua culinária e seus doces.

Foto 4 – Istambul, Avenida Istiklal

Fonte: arquivo pessoal

Próximo ao hotel, não perdi tempo em degustar o tradicional churrasco turco, também chamado de churrasco grego (kebab). Observei e escolhi o restaurante com a fila maior, pois, pensei, devia ser o mais gostoso (kkkkk). O aroma e o sabor encantaram e era possível sentir os diferentes temperos.

Foto 5 – Comida típica de Istambul

Fonte: arquivo pessoal

    Os doces eram deliciosos! Em sua maioria, utiliza-se o mel, deixando-os mais saborosos. Impossível resistir e comer apenas um. Outra maravilha que experimentei foram os chás, com uma grande variedade de sabores.

Foto 6 – Doces típicos de Istambul

Fonte: arquivo pessoal

    A variedade de cores e aromas encantam as pessoas que passam pela grande calçada do comércio. Difícil não entrar para conhecer as especiarias.

    Em diferentes horários do dia, as mesquitas, via alto-falantes, ecoavam as orações. Os muçulmanos devem rezar diariamente as orações públicas, que são recitações dos versículos do Alcorão.

Foto 7 – Doces típicos de Istambul

Fonte: arquivo pessoal

Devido ao tempo disponível, optei por uma excursão com o guia para conhecer vários locais. Logo no início encontrei um vendedor de suco de romã, muito saboroso!

Foto 8 – Suco de romã

Fonte: arquivo pessoal

    A Igreja de Santa Sofia, primeira igreja do Cristianismo, foi uma referência para os ortodoxos durante mil anos. Um detalhe: foi o primeiro edifício do mundo a ser edificado com uma cúpula. Em 1453, a igreja foi convertida em mesquita.

Foto 9 – Igreja de Santa Sofia, Istambul

Fonte: arquivo pessoal

Foto 10 – Igreja de Santa Sofia, Istambul

Fonte: arquivo pessoal

Fomos à Mesquita Azul, que possui esse nome devido aos famosos azulejos de Iznik, que compõem seu interior.

Foto 11 – Mesquita Azul, Istambul

Fonte: arquivo pessoal

Foto 12 – Mesquita Azul, Istambul

Fonte: arquivo pessoal

Fiquei impressionado com o Palácio de Topkapi, residência dos sultões do Império Otomano, atualmente um dos mais ricos museus do mundo.

Foto 13 – Palácio de Topkapi, Istambul

Fonte: arquivo pessoal

A Cisterna da Basílica, uma das maiores entre inúmeras construídas em Istambul durante a época bizantina, também me impressionou muito.

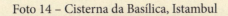

Foto 14 – Cisterna da Basílica, Istambul

Fonte: arquivo pessoal

No almoço, pausa para desfrutar da culinária turca. E não podia faltar um café com borra para a posterior leitura do significado do desenho ao fundo da xícara. Fiquei feliz, pois ouvi boas previsões.

Foto 15 – Café turco (com borra), Istambul

Fonte: arquivo pessoal

    Finalizamos o dia visitando o Grand Bazaar, considerado o maior e um dos mais antigos mercados com cobertura do mundo. Ele possui mais de 60 ruas e cerca de 5 mil lojas.

    É bonito ver o colorido dos produtos nas lojas. As louças, as luminárias, a cerâmica, as pahminas e os tapetes são lindos!

Foto 16 – Loja de porcelanas no Grand Bazaar, Istambul

Fonte: arquivo pessoal

    Há muitas lojas de joias (ouro e prata) cujas vitrines encantam os olhos. O bazar está em uma área comercial da cidade.

Foto 17 – Loja de joias no Grand Bazaar, Istambul

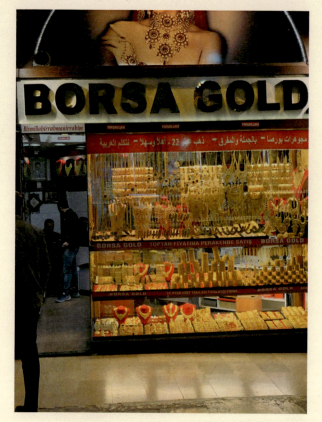

Fonte: arquivo pessoal

Estima-se que foi construído em 1461, por ordem do sultão Maomé II, pouco depois de ele ter conquistado a cidade. A visita ao Grand Bazaar é uma experiência única.

Foto 18 – Grand Bazaar, Istambul

Fonte: arquivo pessoal

  O Bazar Egípcio, também conhecido como Bazar (Mercado) das Especiarias, é um local maravilhoso. Quem pode resistir a umas comprinhas nesse lugar? No meu caso, doces, chás e azeites (rsrsrs).

Foto 19 – Bazar Egípcio, Istambul

Fonte: arquivo pessoal

O importante é negociar, não comprar na primeira loja. A diferença de preços é grande com a negociação. Vamos negociar!

Foto 20 – Bazar Egípcio, Istambul

Fonte: arquivo pessoal

    Fomos ao porto e navegamos pelo Bósforo, estreito que separa os continentes da Ásia e Europa. Um passeio para admirar os belos palácios e mansões nos arredores. Também é possível ter uma linda vista panorâmica da orla de Istambul.

Foto 21 – Passeio pelo Bósforo, Istambul

Fonte: arquivo pessoal

Visitamos o Palácio de Beylerbeyi, que é uma residência de verão dos sultões. Deslumbrante! Depois, fomos ao Palácio Dolmabahçe, que foi a residência oficial dos últimos sultões do Império Otomano e do primeiro presidente da República turca. Lá foram mantidos todos os móveis e os acessórios originais e não é permitido fotografar seu interior.

Foto 22 – Palacio Dolmabahçe, Istambul

Fonte: arquivo pessoal

    Eu tinha curiosidade de conhecer os dançarinos que rodopiam. Então, finalizando o dia, fui a uma cerimônia Dervixe. Os dervixes originais eram discípulos de um poeta conhecido como Meviana, que acreditava que a música e a dança eram meios de induzir a um estado de êxtase de amor.

Foto 23 – Escultura Dervixe, Istambul

Fonte: arquivo pessoal

No centro das práticas dervixes, a cerimônia do rodopio é composta por várias partes, e cada uma possui um significado. É encantador e não consigo entender como os dançarinos não ficam tontos. Deslumbrante!

Amo conhecer a cultura de outros povos.

Foto 24 – Praça ao lado do Mercado Egipcio

Fonte: arquivo pessoal

Ao conversar com a mamãe naquela noite, contei com entusiasmo os passeios realizados e a grandeza do Grand Bazaar. Queria muito levar meus pais nas viagens, mas eles diziam que conheciam os lugares pelas minhas palavras, por vídeos e fotos. Na simplicidade deles, deram-me a maior das riquezas, o estudo e a construção dos meus valores. Agradeço a Deus e aos meus pais por tudo!

Próximo ao Mercado Egípcio (Especiarias) atravessei a ponte Gálata sobre o Bósforo, tradicional ponto de pescaria. Essa ponte une as duas partes europeias de Istambul. Gálata era o nome do antigo subúrbio de Constantinopla. Ali você encontra muitos pescadores.

Foto 25 – Ponte sobre o estreito de Bósforo, Istambul

Fonte: arquivo pessoal

Um fato interessante: sobre a ponte há vários restaurantes.

Foto 26 – Ponte sobre o estreito de Bósforo, Istambul

Fonte: arquivo pessoal

    Não poderia deixar de conhecer e experimentar o famoso e tradicional sanduíche de peixe (balik-ekmek), preparado na hora, que é servido no pão baguete acompanhado ou não de salada e limão. Muito saboroso! Formam-se filas para comprá-lo. Esse sanduíche é servido há mais de 50 anos.

Foto 27 – Vista da ponte sobre o estreito de Bósforo

Fonte: arquivo pessoal

Foto 28 – Barco com o famoso e tradicional sanduíche de peixe (Balik Ekmek), Istambul

Fonte: arquivo pessoal

Numa próxima ida à Turquia desejo conhecer a capital do país e a região da Capadócia.

Foto 29 – Panorâmica, Istambul

Fonte: arquivo pessoal

5
OS CONTRASTES DE KATHMANDU

Após conhecer um pouco da Istambul em três dias, segui para Kathmandu, no Nepal.

O fuso horário é de 8h45 adiantadas em relação ao Brasil. Uma novidade para mim, pois estava acostumado a viajar para locais com fuso inteiro.

Foto 30 – Kathmandu, Nepal

Fonte: arquivo pessoal

Ao desembarcar na pista no aeroporto de Kathmandu, agradeci a Deus pela viagem.

Foto 31 – Kathmandu, Nepal

Fonte: arquivo pessoal

Percebi algo diferente naquele lugar, no povo: pessoas simples, mas felizes. A imigração foi rápida, sem problemas. O aeroporto era muito simples.

Aprendi em poucos instantes que o cumprimento é o Namastê, que representa um sentimento de respeito. Com as mãos unidas, curva-se levemente o corpo e fala-se à pessoa "Namastê". Podemos considerar como significados: "O Deus que habita o meu coração reverencia e reconhece o Deus que habita o seu coração"; "O Divino em mim reconhece o Divino em você".

Todos cumprimentam assim, respeitosamente, mesmo que apenas olhem para você, sem qualquer interação. Gostei bastante dessa primeira impressão.

Aproveitei para efetuar o câmbio no aeroporto. A moeda oficial no Nepal é a rupia nepalesa. Na época, US$ 1,00 correspondia, aproximadamente, a NPR 101,00 (rupias nepalesas). O Nepal é uma nação pobre, com uma economia baseada na agricultura e no turismo. Cerca de 90% dos habitantes trabalham na agricultura, principalmente no plantio do arroz, e o turismo vem crescendo desde que a democracia foi restaurada, em 1990.

Ao sair do aeroporto vi uma placa com o meu nome. Era o guia local responsável pelos traslados e pelo *city tour*. Pushakar foi muito atencioso desde o primeiro instante. Ao chegar ao hotel, o cansaço ficou de lado. Eu queria explorar a cidade e conhecer a cultura local. Aproveitei para ligar para meus pais antes de sair. Todos estavam bem, graças a Deus! Mamãe reforçou: "*Tome cuidado*", "*Não abuse no tempero forte. Você não pode passar mal*".

O Nepal é um país com condições precárias e muita pobreza, sendo considerado um dos países mais pobres do mundo. Buzinaço e caos no trânsito. Vacas e macacos pelas ruas, sem placas de sinalização.

Foto 32 – Kathmandu, Nepal

Fonte: arquivo pessoal

Foto 33 – Kathmandu, Nepal

Fonte: arquivo pessoal

O terremoto ocorrido em 2015 ocasionou muitos danos ao país, especialmente na cidade velha, e quando fui o país ainda não tinha reconstruído as áreas afetadas.

Foto 34 – Kathmandu, Nepal

Fonte: arquivo pessoal

    Foi uma sensação estranha conhecer esses locais. Nunca tinha me deparado a uma situação de destruição por terremoto. Tentei imaginar o sofrimento e a dor das pessoas. Triste... Em alguns locais visitados dava medo de entrar ao ver estacas para sustentação das edificações.

Foto 35 – Kathmandu, Nepal

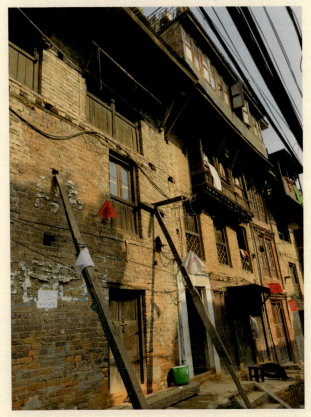

Fonte: arquivo pessoal

Pensei como era possível conviver com essa situação de risco.

Foto 36 – Kathmandu, Nepal

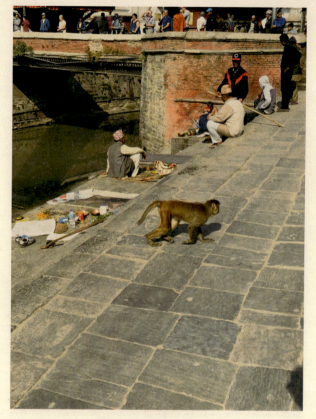

Fonte: arquivo pessoal

Nas ruas observei as demonstrações das religiões praticadas no país, o Hinduísmo e o Budismo.

Foto 37 – Festa de casamento, Kathmandu

Fonte: arquivo pessoal

Havia muitas cores pelas ruas, tanto nas roupas quanto nas pinturas no rosto das pessoas e nos locais sagrados.

Foto 38 – Vela em um complexo religioso (Swayambhunath), Kathmandu

Fonte: arquivo pessoal

    O cheiro de esgoto era forte e se misturava ao sândalo e ao jasmim.

    Muitos "tucs-tucs" pelas ruas, buzinando e amontoados onde pedestres tentavam atravessar as ruas. Mas os templos eram exuberantes e as pessoas muito hospitaleiras.

Foto 39 – Kathmandu, Nepal

Fonte: arquivo pessoal

Encantei-me com o local e com as pessoas.

Foto 40 – Stupa, Kathmandu

Fonte: arquivo pessoal

A adoração aos deuses e aos animais também chamou a minha atenção, com oferendas de comida e frutas na frente das casas.

Foto 41 – Kathmandu, Nepal

Fonte: arquivo pessoal

    Porém a visita ao local onde os mortos são cremados não deixa de ser uma imagem forte para nós. Há todo o ritual de despedida da pessoa até que o fogo a consuma por inteiro e ela se torne cinzas.

Foto 42 – Crematório, Kathmandu

Fonte: arquivo pessoal

Um rio passa ao lado do crematório e por uma ponte há a separação da cremação das pessoas ricas das pobres.

Foto 43 – Kathmandu, Nepal

Fonte: arquivo pessoal

Aprendi o mantra "Om mani padme hum", que significa "Oh, a joia do lótus", que representa a presença de todos os Buddhas. Entoar o "Om" é liberar tudo o que precisa ser libertado dentro de nós e afastar o ego, o orgulho e o apego. O mantra pode ser recitado ao girar das rodas de oração, que são rodas cilíndricas de bronze com mantras gravados.

Segundo as crenças de quem as utiliza, ao serem acionadas, as rodas de oração possuem o mesmo valor que recitar os mantras. A energia sutil emitida por elas é capaz de gerar saúde, equilíbrio, paz e vitalidade para todos. O mantra "Om mani padme hum" é escrito diversas vezes e colocado no interior das rodas, que devem ser colocadas em movimento com a mão direita e no sentido horário.

Foto 44 – Vista de um complexo religioso (Swayambhunath), Kathmandu

Fonte: arquivo pessoal

Observei também uma grande quantidade de pequenas bandeiras coloridas em diversos locais. Elas ficavam bonitas na composição com as edificações. Questionei ao guia qual é o significado das bandeiras e ele comentou que são orações (mantras) escritas. Numa oportunidade de tocar em uma das bandeiras, vi pequenos escritos.

Foto 45 – Rodas de oração, Kathmandu

Fonte: arquivo pessoal

A culinária é bastante saborosa, com temperos, aromas e cores. Como não tenho restrição alimentar, foi tudo bem tranquilo, apenas não abusei com pratos mais condimentados.

Foto 46 – Comida típica nepalesa, Kathmandu

Fonte: arquivo pessoal

Como disse anteriormente, as pessoas de lá são simples, mas estampam no olhar a felicidade e a religiosidade. Nos templos, todos se concentram nas orações.

Foto 47 – Entrada de um complexo religioso (Swayambhunath), Kathmandu

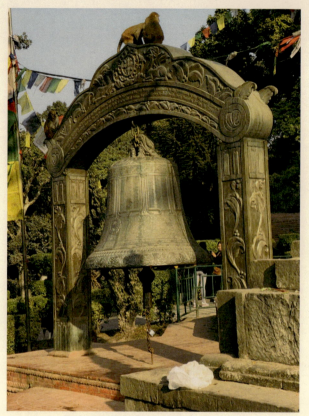

Fonte: arquivo pessoal

 Das visitas realizadas, destaco dois templos localizados na periferia: o Pashupatinath — templo dedicado ao Lord Shiva, em sua manifestação como Pashupati. Esse é o mais importante templo hindu no Nepal. Localizado às margens do sagrado rio Bagmati, é o lugar onde as cremações são realizadas; e o Boudnath — maior e mais ativo templo budista do país, localizado no coração de um bairro budista.

Foto 48 – Kathmandu, Nepal

Fonte: arquivo pessoal

Outro local muito interessante foi Patan, cidade que há séculos foi um reino independente e hoje faz parte de Kathmandu.

Foto 49 – Kathmandu, Nepal

Fonte: arquivo pessoal

Ela possui uma linda praça, onde ficava o antigo palácio real.

Foto 50 – Kathmandu, Nepal

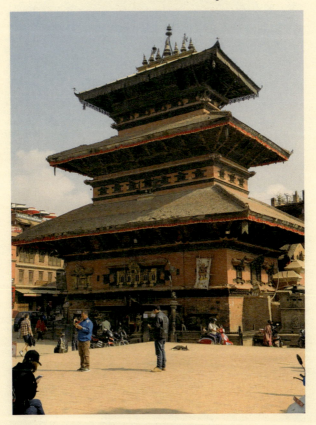

Fonte: arquivo pessoal

O conjunto arquitetônico contempla vários templos hindus.

Foto 51 – Kathmandu, Nepal

Fonte: arquivo pessoal

    Visitamos também um museu, onde conheci e aprendi sobre o Hinduísmo e o Budismo.

Foto 52 – Escola de pintura, Kathmandu

Fonte: arquivo pessoal

    Fiquei impressionado com a concentração dos alunos na escola de pintura de mantras. Detalhe interessante: eles pintavam rezando o mantra.

Foto 53 – Mantra, Kathmandu

Fonte: arquivo pessoal

6

A VIAGEM PARA LUKLA

No dia seguinte, logo cedo, fui para o aeroporto com destino a Lukla. Na bagagem apenas duas bolsas com 12 kg cada, com o necessário para o trekking. As malas ficaram guardadas no hotel. Nessa noite não dormi devido à ansiedade.

No aeroporto conheci Kumar, guia sherpa responsável por me conduzir no percurso. Uma pessoa simples, muito atencioso e gentil. Seu inglês era perfeito. Recebi um impresso com o roteiro da viagem. O planejamento era uma caminhada diária com tempo e distância variando de acordo com a aclimação ou com o processo do organismo se ajustando às mudanças no habitat, no caso, altitude, clima e temperatura.

Meu coração palpitava de ansiedade, mas devido às condições climáticas, com muita neblina, o voo previsto para as 7h estava atrasado.

Foto 54 – Aeroporto, Kathmandu

Fonte: arquivo pessoal

Ficamos aguardando e aproveitei para conversar sobre os detalhes da viagem.

Foto 55 – Aeroporto, Kathmandu

Fonte: arquivo pessoal

Enfim, fomos chamados para o embarque. Embarque? Entramos em um micro-ônibus e fomos para a pista ao lado da aeronave. Quando vi o avião pensei: "Meu Deus, é verdade! Os aviões são assim mesmo". Como tinha pesquisado sobre o aeroporto de Lukla, a empresa Tara Air é a responsável com aeronaves com capacidade para 14 passageiros. Aguardamos um tempo na pista com nossas bolsas e nossos equipamentos.

Acredito que aguardamos por cerca de uma hora e ao recebermos a liberação para o embarque, primeiramente levamos as bolsas para a frente do avião, onde foram colocadas no compartimento de bagagem.

Foto 56 – Aeroporto, Kathmandu

Fonte: arquivo pessoal

Entrei no avião e não pude deixar de observar a simplicidade em seu interior.

Foto 57 – Avião Tara Air, Kathmandu x Lukla

Fonte: arquivo pessoal

As poltronas eram soldadas no piso. Que medo!

Foto 58 – Avião Tara Air, Kathmandu x Lukla

Fonte: arquivo pessoal

  Por ser uma aeronave de pequeno porte, Kumar sugeriu que eu me sentasse do lado esquerdo e me mostrou uma poltrona que tinha uma bolha externa para observação. Achei muito legal!
  Naquele momento vieram as lembranças das histórias do aeroporto de Lukla, onde ocorrem acidentes quase diariamente.
  Esse aeroporto é o principal acesso para quem deseja ir ao Everest. Seu nome oficial é Tenzing-Hillary, em homenagem às

duas primeiras pessoas que escalaram a montanha mais alta do mundo, em 1953, Tenzing Norgay e Edmund Hillary. Com pouco mais de 527 metros de comprimento de pista por 30 metros de largura, está localizado entre as montanhas, em uma área de alta variação climática e muito vento.

Assim, a pista é inclinada para facilitar a frenagem e auxiliar na aceleração na hora de levantar voo. O aeroporto está localizado a 2.860 metros acima do nível do mar, lembrando que Kathmandu está a 1.400 metros. Importante que todas as aproximações ao aeroporto são visuais, pois não é possível operar instrumentos em meio às montanhas numa pista tão curta sem a possibilidade de arremeter.

Vixe... Agora não tinha volta... Vamos lá! "Eu sou louco mesmo!", pensei. Ah! o aeroporto não tem radar. Quando os aviões partem de Kathmandu, um sinal é emitido para os controladores em Lukla para que fechem a pista para o trânsito de pedestres e animais.

O voo costuma ser rápido, aproximadamente 30 minutos, mas o tempo no Himalaia é imprevisível e nevoeiros, tempestades e até neve são sempre possíveis. Segundo informação recebida no aeroporto e confirmada por Kumar, como o clima em Lukla pode mudar de uma hora para outra, os pilotos podem retornar para Kathmandu.

Recebemos algodão para colocarmos nos ouvidos devido ao barulho da aeronave, não pressurizada. Havia dois pilotos, sendo um deles uma simpática mulher, e duas comissárias. Quando a aeronave acionou os motores, descobri o motivo para o algodão: o barulho era muito alto. Mas eu estava feliz e não me incomodei.

Foto 59 – Avião Tara Air, Kathmandu x Lukla

Fonte: arquivo pessoal

 Como de costume, alguns momentos de oração, agradecendo e pedindo proteção.

 Decolamos e fiquei observando as edificações simples em Kathmandu. Pensei na simplicidade e na educação das pessoas, que estampavam a alegria no rosto.

 Aos poucos a cidade foi se afastando e a paisagem passou a ser apenas montanhas e algumas poucas casas isoladas. Ao ganhar altitude, passamos a sentir as sacudidas devido à turbulência. O avião parecia ir de um lado para o outro.

Em minha vida já tinha enfrentado muitas situações de turbulência em voos. Lembro-me de duas em especial: uma vez, durante a madrugada, dormindo, indo de São Paulo para Paris e, de repente, a sensação era de que a aeronave havia despencado. Nossa, uma sensação terrível! E outra, do Rio de Janeiro a São Paulo, num voo da Gol, pegamos uma forte turbulência por causa de uma tempestade perto da capital paulista. A aeronave balançou muito e o piloto optou por retornar e sobrevoar por alguns minutos a cidade de Santos.

Acho que esses dois momentos me marcaram, mas a sensação no voo da Tara Air foi mais intensa, se assim posso dizer. Acho que foi uma soma de pensamentos negativos — aeronave simples, montanhas no entorno e alto índice de acidentes naquela rota — e eu ponderando: "O que estou fazendo aqui...?".

Os sherpas e os locais que estavam a bordo davam risada enquanto os visitantes estavam apreensivos, incluindo eu. Em determinado momento comecei a rir também, mas rezei para Nossa Senhora nos proteger. O que mais eu poderia fazer? (rsrsrs).

O visual do Himalaia é lindo. Acabei me esquecendo da turbulência, contemplando e tirando fotos para registrar a paisagem. A aeronave começou a descer e entramos em um vale. Nossa, sensacional! Ficamos a uma altitude que era possível ver algumas casas do nosso lado. Segui a sugestão do Kumar e fiquei na bolha, observando tudo. Indescritível!

Logo em seguida comecei a filmar, pois imaginei estarmos próximos à pista. E a minha intuição estava correta. Do nada, a aeronave fez uma curva acentuada para a esquerda e ao estabilizar vi a pista bem na frente. Uau! Uau!

O pouso foi tranquilo e os passageiros aplaudiram os pilotos. Nossa, que pista curta! Detalhe dessa pista: só há uma rota para pouso e decolagem. A rota de pouso termina em um paredão de pedra e a decolagem numa ribanceira.

Foto 60 – Aeroporto de Lukla

Fonte: Google Maps

Foto 61 – Aproximação do aeroporto, Lukla

Fonte: arquivo pessoal

Foto 62 – Aproximação do aeroporto, Lukla

Fonte: arquivo pessoal

Foto 63 – Aproximação do aeroporto, Lukla

Fonte: arquivo pessoal

Foto 64 – Pouso aeroporto, Lukla

Fonte: arquivo pessoal

Foto 65 – Pouso aeroporto, Lukla

Fonte: arquivo pessoal

    Ao desembarcar, agradeci aos pilotos e desejei-lhes bom trabalho. A piloto comentou que o voo tinha sido tranquilo, com pouca turbulência. Fiquei olhando para ela e pensando o que seria um voo com forte turbulência...

7

INICIANDO A CAMINHADA

As bolsas foram retiradas da aeronave e colocadas no chão. Nesse momento conheci Bhakta, o segundo sherpa que iria nos acompanhar, carregando a bagagem. Eram as duas bagagens com 12 kg, sendo uma mochila e uma bolsa. Bhakta pediu a bolsa para carregar.

Foto 66 – Mapa do trekking

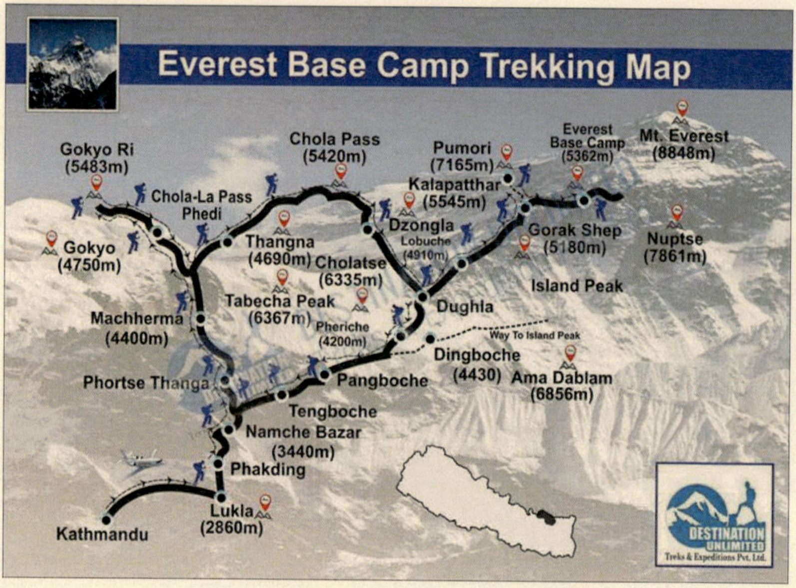

Fonte: Nepal Everest Himalaya Hiking

Foi preciso colocar um agasalho mais pesado, pois estava bastante frio.

Foto 67 – Início da trilha

Fonte: arquivo pessoal

Eu estava com a segunda pele (calça e camisa), mas o vento era gelado e estava nublado.

Foto 68 – Lukla

Fonte: arquivo pessoal

    Saímos do aeroporto e ao passar por trás da pista, parei e fiquei olhando um avião decolar. Realmente, uma loucura! Mas posso garantir que a viagem foi maravilhosa devido à linda vista do Himalaia.

Foto 69 – Pista aeroporto, Lukla

Fonte: arquivo pessoal

A partir de lá, o único transporte disponível são os Iaques. Eles se parecem com o boi/a vaca, são herbívoros, com pelagem longa. A vaca é um animal sagrado no Hinduísmo e por isso elas não são utilizadas como animais para transporte de carga.

Foto 70 – Iaques

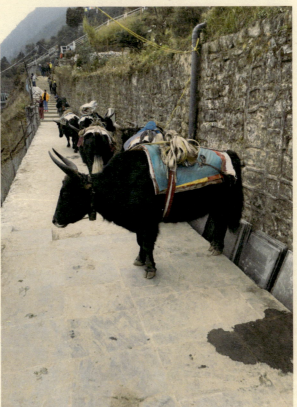

Fonte: arquivo pessoal

Paramos para Kumar fumar um cigarro. Nesse momento, desliguei o celular. Ele não funcionaria direito e para se ter wi-fi era preciso comprar um cartão de minutos de uso. Além disso, eu tinha o intuito de me desligar por alguns dias. Tinha deixado os telefones de contato da agência com os meus pais para um contato, caso necessário.

Foto 71 – Início da trilha

Fonte: arquivo pessoal

    Logo em seguida havia um posto de controle. Ali apresentei o visto que recebera ao chegar em Kathmandu e me deram um tipo de carteira que teria que apresentar nos demais pontos de checagem. Fiquei imaginando o motivo. Perguntei para Kumar e ele disse que era a forma de o governo saber onde as pessoas poderiam estar. Na época do terremoto, o governo verificou, nos pontos de checagem, a passagem das pessoas para averiguar possíveis desaparecidos.

    A previsão era de dias frios pela frente, pois o inverno estava se iniciando no Himalaia. As temperaturas podiam chegar a -20 graus, principalmente à noite. Naquele início de mês ainda havia sol, o que esquentava um pouco.

Foto 72 – Temperatura em Lukla

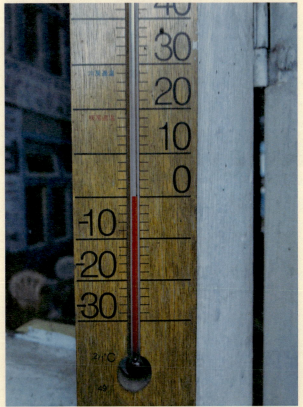

Fonte: arquivo pessoal

    Seguimos pela trilha, passando por dentro do vilarejo de Lukla. Embora seja um pequeno vilarejo, cercado pelo Himalaia, é uma das principais portas de acesso ao Monte Everest.

Foto 73 – Trilha

Fonte: arquivo pessoal

    A vila tem poucas ruas e comércio voltado aos turistas, vendendo principalmente equipamentos de montanhismo. Também há poucas hospedagens no local. Aproveitamos para almoçar e carregar as garrafas com água.

Foto 74 – Lukla

Fonte: arquivo pessoal

    A comida estava quente e saborosa: arroz, sopa e legumes. Daquelas caseiras e que te abraça no frio. Foi bom para aquecer, pois o impacto com o frio foi grande.

Foto 75 – Comida típica nas montanhas

Fonte: arquivo pessoal

Ao sairmos nos deparamos com iaques na estrada. Eles carregavam suprimentos e objetos em geral.

Foto 76 – Iaques

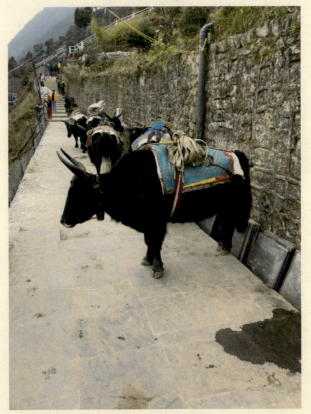

Fonte: arquivo pessoal

Em vários lugares vi rodas de oração. Kumar comentou que devíamos girá-las ao encontrá-las e fazer uma oração. Passei a fazer isso e, no meu íntimo, a rezar e agradecer.

Foto 77 – Rodas de oração

Fonte: arquivo pessoal

    Na única trilha que havia, as pessoas iam e vinham — alpinistas, turistas e locais. Incrível que, por não haver estradas e transporte, as pessoas levavam tudo em balaios nas costas. Um grande impacto para mim, pois não consigo imaginar o peso daquilo, necessário para a sobrevivência de muitos. E mesmo com o peso nas costas, as pessoas cruzam por você e cumprimentam: "Namastê".

Foto 78 – Transporte

Fonte: arquivo pessoal

Passamos por um grupo de pessoas que iam fazer trilha ou escalar. O grupo era relativamente grande e observei vários iaques carregando bolsas e equipamentos.

Foto 79 – Transporte

Fonte: arquivo pessoal

Agradeci a Deus por estar ali em um rápido pensamento.

Eu estava eufórico com o visual, a trilha, as pessoas e o lugar.

Perguntei para Kumar qual era o tempo de caminhada naquele dia e ele me respondeu que eram cerca de seis horas até o vilarejo de Monjo.

Foto 80 – Kumar e Bhakta

Fonte: arquivo pessoal

    Comecei a sentir certo incômodo nas costas. Parei e percebi que os bastões de caminhada (*stickers*) não estavam ajustados adequadamente. Nossa... Naquele momento, com menos de 30 minutos do início da caminhada? Será que estava sentindo o peso da altitude, da mochila nas costas e o incômodo da bota?

    Ajustei a altura, corrigi a postura, puxei melhor as alças da mochila e seguimos. Passados mais uns 15 minutos parei novamente para tirar o cachecol, pois estava incomodando. Mais alguns metros e voltei a sentir o incômodo nas costas. Porém, nesse momento, deparei-me com uma senhora toda curvada, carregando um balaio com lenha. Não tenho ideia de quantos quilos ela transportava, mas estava lá, com o passo firme. Nossa... Essa senhora estava fazendo isso porque precisava daquilo para viver, afinal, lá não há energia elétrica e as pessoas se aquecem com o fogo da lenha. Ela passou por mim, olhou de lado e cumprimentou-me.

Foto 81 – Transporte de lenha

Fonte: arquivo pessoal

Nesse instante, aprumei a minha coluna, levantei a cabeça e disse para mim mesmo: "Não estou sentindo dor", "Não estou sentindo incômodo", "Tenho que lembrar da senhora que acabei de ver e o que ela carregava para sobreviver". Vamos lá!

Foto 82 – Stupa e bandeiras com orações

Fonte: arquivo pessoal

Incrível que voltamos a caminhar e eu não senti mais o incômodo. Passei a pensar sobre a minha vida.

Avistei algumas crianças logo à frente. Que legal!

Lembram-se do saco de balas Toffer?

Parei e, com a ajuda do Kumar, conversei com as crianças e lhes ofereci as balas. Elas sorriram e aceitaram. Ficaram muito felizes! E eu mais ainda, pois o intuito das balas era justamente dar para as crianças que encontrasse pelo caminho.

Foto 83 – Encontro com crianças locais

Fonte: arquivo pessoal

  Enfim, chegamos ao vilarejo de Monjo, às margens do Rio Dudh Kosi.

Foto 84 – Rio Dudh Kosi

Fonte: arquivo pessoal

    Passamos por um portão e logo em seguida pelo posto de controle do Parque Nacional de Sagarmatha. Havia mais rodas de oração. Chegamos ao local de descanso. Caminhamos um pouco mais de seis horas.

Foto 85 – Ponte suspensa

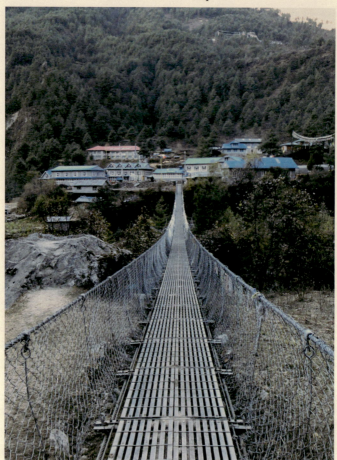

Fonte: arquivo pessoal

8

O ENTUSIASMO

A expectativa era de parar por volta das 16h/17h, ainda com o dia claro, ou até antes. Não era recomendado caminhar à noite devido aos riscos da trilha.

O lodge, local de descanso — tipo uma pousada — era muito simples. Um restaurante na frente e, no interior, os quartos.

Foto 86 – Lodge

Fonte: arquivo pessoal

Opa! Após o primeiro dia de caminhada, um bom banho era bem-vindo! Banho... Bem... O quarto era simples, com uma cama e um local para colocar a mochila. O banheiro era coletivo, fora do quarto. Quer dizer, havia uma fossa e uma pia. O local para banho era fora da casa. Não havia energia elétrica, então a água esquentava por aquecimento solar. Era uma edícula apenas com o chuveiro. Como estava muito frio, resolvi não tomar um banho quente para evitar um possível resfriado ou uma queda da imunidade.

Voltei para o quarto e fui descansar um pouco. Segundo Kumar, o jantar seria servido às 18h30. Nossa, estava com toda a roupa e dentro do saco de dormir. Levantei-me e peguei uma lanterna, pois estava escuro. Calcei as botas e fui para o local do jantar. Ao chegar, Kumar estava me aguardando e havia mais quatro pessoas. Vi um braseiro no centro e percebi que o local estava aquecido.

Perguntei por Bhakta e Kumar me respondeu que eles ficavam num alojamento do lodge e que ele já tinha jantado. Logo em seguida, meu prato já foi servido, pois quando chegamos Kumar pediu para eu escolher o que gostaria de comer. Optei por arroz e legumes. Estava bem saboroso. Após o jantar, as pessoas costumam se reunir ao redor do braseiro para se aquecerem, e foi o que fizemos. Tomei chá de gengibre com leite e adorei. Resolvi sair um pouco. O relógio marcava 19h20 e não havia uma única pessoa na rua. Estava muito frio!

Retornei para o interior do lodge e após alguns instantes as pessoas começaram a sair em direção aos quartos. Kumar apresentou as opções para o café da manhã para eu escolher e me disse que deveríamos nos encontrar às 5h30. Então também fui para o quarto para dormir. Mais uma adaptação: dormir cedo, uma vez que o relógio marcava 19h50. Coloquei mais uma blusa e me deitei, e acho que devido ao cansaço, adormeci rapidamente.

Acordei às 4h30. Estava começando a amanhecer. Ao ir ao banheiro, vi que havia uma caneca na pia. Quando abri a torneira, entendi o porquê da caneca: a água saía aos poucos e muito gelada. Havia, inclusive, pequenas partículas de gelo. Lavar o rosto foi uma tarefa nada fácil.

Arrumei as bolsas e me encontrei com Kumar no local do café da manhã. Eu estava descansado e pronto para a jornada.

Antes de sair, tomei um chá de gengibre para esquentar.

Foto 87 – Chá de gengibre

Fonte: arquivo pessoal

E assim nos despedimos de Mojo. Não eram 6h quando iniciamos a caminhada. Ao lado do vilarejo, o Rio Duth Kosi, com sua água esbranquiçada. Ele também é conhecido como "rio de leite". O visual encanta os olhos.

A previsão era de um percurso de 7 a 8 km, com uma subida acumulada de 700 metros.

Foto 88 – Carregador USB solar

Fonte: arquivo pessoal

O dia estava bonito, com sol entre nuvens, mas muito frio. Era preciso tomar muito cuidado, pois a trilha era sinuosa e era muito fácil tropeçar e se machucar. Em alguns momentos você caminhava na terra, em outros em um pouco de neve e, em outros, em um piso extremamente liso, com formação de gelo, principalmente em locais entre árvores, e o cuidado devia ser muito maior.

Foto 89 – Trechos com gelo

Fonte: arquivo pessoal

Algumas pontes suspensas no caminho me impressionaram.

9

A SURPRESA

Nesse segundo dia, estava com os pés no chão, literalmente (rsrsrs) e não mais com tanta ansiedade. Uma certa leveza que auxilia na caminhada. Sentia-me mais firme ao caminhar. Era uma sensação estranha, um controle do meu corpo. Passei a prestar a atenção na respiração e, aos poucos, fui adaptando-a ao ritmo. Pelo relógio observei o controle nos batimentos, uma evolução. Agradeci a Deus pelo dia.

Seguimos a trilha e vi à frente uma ponte. Pensei: "Não acredito! Não acredito!". Sensacional! Era a ponte suspensa do filme *Everest*.

Foto 90 – Ponte suspensa

Fonte: arquivo pessoal

Confesso que achava que não era real, apenas um cenário do filme, mas não! A ponte existe e é suspensa!

Fomos nos aproximando e meus olhos se encheram de entusiasmo em vê-la. Impressionantes a extensão e o fato de ser ela totalmente suspensa.

Tivemos que aguardar alguns Iaques que estavam atravessando com carga.

Foto 91 – Bandeiras com orações fixadas na ponte

Fonte: arquivo pessoal

Enfim, a ponte era nossa! Ela balança bastante, mas é segura, e a vista do rio é maravilhosa.

Foto 92 – Ponte suspensa

Fonte: arquivo pessoal

Parei algumas vezes para tirar fotos. A cada novo ângulo queria registrar aquele momento.

Por volta das 11h, paramos em um vilarejo para almoçar.

Foto 93 – Almoço

Fonte: arquivo pessoal

    Pelo percurso, em alguns momentos encontramos locais ou praticantes do trekking retornando ou indo no mesmo sentido que nós. "Namastê". Em outros momentos, éramos os únicos na trilha.

Foto 94 – Ponto de apoio

Fonte: arquivo pessoal

    Nesse segundo dia, fiz uma retrospectiva da minha vida, da minha adolescência, de momentos importantes, de decisões tomadas e de erros. Os pensamentos se misturaram aos momentos, e eu apreciei tudo ao meu redor. O dia era marcado por muita subida, o que exigia maior controle na respiração, cuidado com o piso irregular e paradas para hidratação. Nesse dia, a garganta ressecava com maior facilidade devido ao ar extremamente gelado. Às vezes, colocava o cachecol para filtrar o ar e, às vezes, parava para tomar água.

10

EVEREST, O PRIMEIRO ENCONTRO

De repente, Kumar chamou a minha atenção para uma montanha. "*Look! Look! There's Everest!*". Minha reação foi de parar, fixar o olhar para a montanha e responder: "*Oh! Beautiful! Wonderful!*". "*My God, thanks*".

Foto 95 – Everest ao fundo

Fonte: arquivo pessoal

Ao final do dia chegamos a Namche Bazaar, localizada a 3.470 metros. Percebi o quanto subimos. Esse vilarejo é considerado o maior do Khumbu. Não foi um dia fácil, senti bastante a subida e a diferença de altitude.

Foto 96 – Namche Bazaar

Fonte: arquivo pessoal

Continuamos no Parque Nacional de Sagarmatha, considerado o principal centro de comércio da região. É um ótimo lugar para os *trekkers* para adaptação da altitude.

Foto 97 – Contraste da montanha

Fonte: arquivo pessoal

    Namche Bazaar é a porta de entrada para a parte mais alta da Cordilheira do Himalaia. Estava extremamente cansado. As últimas escadas para chegar ao lodge pareciam não acabar nunca. Mas, com certeza, o esforço valeu a pena!

    Assim que chegamos fui para o quarto para descansar um pouco, e como no dia anterior, Kumar informou o horário para o jantar.

    Deitei-me, pois estava cansado, mas fisicamente. Comecei a rezar e agradeci pelo dia. Pensei em minha mãe. Comecei a chorar, senti saudades de todos, mas dela principalmente. Como será que ela estava? Com certeza, devia estar preocupada comigo, conhecia a D. Maria. E ela estava passando por tanta dor e sofrimento...

Lembro-me de ter adormecido. Acordei um pouco antes das 18h e após arrumar algumas coisas fui para o local do jantar. Era um sobrado bonitinho e ficava no alto, de onde dava para ver todo o vilarejo. Minha blusa e minha calça estavam molhadas devido à neve que encontramos em alguns locais. Deixei essas peças numa cadeira próxima ao braseiro. Depois, ao pegá-las, estavam secas. Pensei: "Que bom".

Kumar sentou-se ao meu lado e me perguntou se eu estava bem. Ele comentou que é um processo difícil subir em lugares com altitudes mais elevadas e dormir em regiões mais baixas no ar rarefeito. Esse processo é conhecido como "*climb high-sleep down*".

Foto 98 – Braseiro

Fonte: arquivo pessoal

Jantamos e experimentei a carne de Iaque, mas achei um pouco dura. O arroz com legumes cozidos estava ótimo. Conversamos um pouco sobre a vida e na sequência colocamos as cadeiras ao redor do braseiro. Como dizem aqui no Brasil, para formar uma boa roda de prosa. Era uma mistura de idiomas: alguns falavam em nepalês, outros em alemão e, outros, em inglês. Procurei participar dos diálogos, mas estava mesmo querendo era me esquentar.

A conversa estava boa, mas já estava na hora de dormir para descansar e recarregar as baterias para o dia seguinte. Mas antes de ir, um chá de gengibre. Ou melhor, dois (rsrsrs).

Nessa noite, ao me deitar, mesmo cansado, demorei um pouco para adormecer. Fiz as minhas orações e meus agradecimentos, mas o coração estava apertado. Muitos pensamentos na cabeça e estava muito frio.

Foto 99 – Lodge

Fonte: arquivo pessoal

11

O FRIO

Ao acordar na manhã seguinte, o frio estava forte. Não dava muita vontade de sair do saco de dormir, mas já estava na hora. Tomamos café e saí com Kumar, sem equipamentos, para uma caminhada de aclimatação até o Museu de Cultura Sherpa.

Foto 100 – Namche Bazaar

Fonte: arquivo pessoal

O museu retrata um pouco da cultura dos sherpas. O local é cercado pelas montanhas e a vista é de tirar o fôlego. Fomos até um mirante, onde há a estátua de um Sherpa.

Foto 101 – Amanhecer no mirante em Nanche Bazaar

Fonte: arquivo pessoal

O sol nascia fazendo um efeito maravilhoso nas montanhas com gelo, mas o frio só aumentava.

Foto 102 – Amanhecer no mirante em Nanche Nazaar

Fonte: arquivo pessoal

Mesmo com luvas grossas, minha mão esquerda endureceu, uma sensação de estar congelando. Nossa, que dor!

A dor aumentava e aos poucos não conseguia mais mexê-la, uma sensação muito ruim. Não conseguia fazer nenhum movimento. Chamei Kumar e avisei o que estava ocorrendo. Ele tirou a luva de minha mão e começou a massageá-la. Porém a dor aumentou e parecia que eu estava com a mão no fogo. Após alguns instantes, voltei a sentir os movimentos, até que tudo se normalizou.

Realmente impressionante a sensação. Kumar sugeriu-me trocar as luvas e usar um modelo de lã para aquecer mais.

Foto 103 – Namche Bazaar

Fonte: arquivo pessoal

Passado o susto e o sufoco, visitamos o museu. Ele está localizado num local mais elevado do que Namche Bazaar. No retorno, tomamos café e Kumar sugeriu de irmos descansar, pois sairíamos somente após o almoço. Um chá de gengibre para esquentar antes de retornar ao quarto para dormir um pouco mais.

Almoçamos e por volta das 11h deixamos o lodge.

Foto 104 – Equipe

Fonte: arquivo pessoal

Nesse dia, a caminhada seria menor até o próximo ponto de descanso. Aos poucos, Namche Bazaar ficou para trás. Na saída, encontramos vários símbolos do Budismo: rodas de oração, stupas, pedras com textos sagrados entalhados e, ao fundo, as montanhas do Himalaia.

Stupa é uma importante forma da arquitetura budista, que representa a mente de todos os seres iluminados — os budas. Em seu interior há milhares de orações, relíquias de budas, estátuas, incensos e oferendas. Lembro-me de que, ainda em Lukla, Kumar comentou ser importante caminhar em volta (sentido horário) de cada stupa que encontrássemos pelo caminho. Segundo ele, a tradição gera vários benefícios, como:

- apaziguamento de ódios, conflitos e guerras;
- promove a proteção e a cura de epidemias e doenças;
- sacia a fome e aumenta a produtividade;
- amplia a fortuna e a virtude;
- acalma o espírito e a mente, desenvolvendo o bem-estar.

Acho muito interessante olhar para a vida de forma positiva, com bons pensamentos. Em vários momentos, fazia orações, agradecia e pedia proteção a Deus e a Nossa Senhora.

Foto 105 – Placa informativa

Fonte: arquivo pessoal, foto da placa

12

GENEROSIDADE

O percurso foi pequeno. Andamos cerca de 7,6 km em aproximadamente três horas, mas com descidas e subidas. No caminho vimos o faisão real, ave símbolo do Nepal.

Estávamos passando em frente a uma casa muito simples, de pedra. Uma pessoa saiu de dentro e nos chamou. Conversou com Kumar e ele me chamou para entrarmos. Ficamos do lado de fora mesmo e em instantes um jovem rapaz veio com chá para nós. Perguntei a Kumar se o conhecia e ele me respondeu que não. Então por quê? Ele me disse que o rapaz nos viu na estrada e pensou que poderíamos estar com frio, e ele não queria que alguém que passasse pela casa dele estivesse com frio. Então ele nos chamou para nos ofertar um chá. Eu até repeti o chá, pois estava muito gostoso.

Foto 106 – Chá de gengibre com leite

Fonte: arquivo pessoal

Vi que dentro da casa o chão era de terra batida e a esposa do rapaz estava junto a uma fogueira, olhando a chaleira.

Foto 107 – Acolhida

Fonte: arquivo pessoal

O gesto me surpreendeu e foi uma sensação boa ser recepcionado por uma pessoa que não me conhecia. Eles tinham um filho pequeno. Ele estava todo agasalhado e era muito bonitinho.

Foto 108 – Criança nepalesa

Fonte: arquivo pessoal

Agradecemos o gesto — "Namastê" — e ofereci uma rupia, porém o morador não aceitou. Kumar me explicou que o morador não nos ofereceu o chá para receber algo em troca. Então agradeci em meu coração, pedindo a Deus a proteção daquela família.

13

CONTEMPLAÇÃO

    Seguimos e chegamos a Mende, com altitude de 3.720 metros. O local, um platô com uma vista maravilhosa. Tive a impressão de estar olhando para um cartão postal. Mesmo sendo um período menor de caminhada, estava sentindo as mudanças no corpo devido à elevação. Sentia cansaço com maior facilidade. As subidas, algumas íngremes, exigiam esforço maior. Também sentia o peso da mochila aumentar a cada momento. Tirei as garrafas de água da mochila e as coloquei na bolsa, mas a sensação era de que mesmo tirando peso da mochila, ela ficava mais pesada.

Foto 109 – Lodge em Mende

Fonte: arquivo pessoal

Fiquei feliz ao chegar ao lodge, pois havia banheiro com chuveiro dentro do quarto. Pensei: "Eba! Hoje vou tomar banho!". Também havia iluminação devido à energia solar.

Foto 110 – vista em Mende

Fonte: arquivo pessoal

Kumar me pediu para colocar as coisas no quarto e encontrá-lo na frente da casa em 20 minutos.

Foto 111 – vista em Mende

Fonte: arquivo pessoal

    Cheguei antes dele e fui caminhar no entorno da casa e admirar a paisagem, que não cansava de olhar, contemplando a paz e a harmonia daquele lugar.

Foto 112 – Vista em Mende

Fonte: arquivo pessoal

Encontramo-nos e seguimos uma pequena trilha pela lateral da casa, e começamos a subir o morro.

Foto 113 – Vista em Mende

Fonte: arquivo pessoal

No alto vi, distante, uma edificação. Andamos por uns 20 minutos, subindo cerca de 100 metros. Chegamos a um pequeno monastério de Lawudo Gompa. Kumar comentou que raramente ele é visitado, sendo considerado um local sagrado.

Foto 114 – Monastério em Mende

Fonte: arquivo pessoal

    A região é extremamente bonita e fascinante, em dizem que é um "vale oculto". Há somente dois monges morando no monastério há mais de 20 anos.

Foto 115 – Monastério em Mende

Fonte: arquivo pessoal

Fomos recebidos com carinho pelos monges. Visitamos o monastério e recebemos uma benção. Kumar conversou com eles e me ajudou como intérprete.

Foto 116 – Monastério em Mende

Fonte: arquivo pessoal

    Recebemos uma xícara de chá de gengibre, que estava delicioso. Muitos foram os pensamentos naquele lugar. Pensamentos e felicidade dentro do coração. Uma tarde feliz! Ficamos por um tempo apreciando a paisagem de um ponto em que era possível ver todo o vale. Ao retornar, o sentimento era de paz. Não percebi a descida, parecia que estava iniciando a caminhada do dia naquele instante. Ouvia de longe o som dos sinos do monastério.

Foto 117 – Vista em Mende

Fonte: arquivo pessoal

Chegando ao lodge, tomei um bom banho quente e dormi um pouco até o horário da refeição.

Foto 118 – Braseiro no lodge em Mende

Fonte: arquivo pessoal

    Como nos dias anteriores, ficamos no braseiro após o jantar. Passado um tempinho, tomei um bom chá de leite com gengibre e me retirei para dormir.

Foto 119 – Jantar em Mende

Fonte: arquivo pessoal

Antes, porém, fui até o lado externo da casa e fiquei por alguns instantes admirando o céu e as montanhas. O frio não me incomodou nessa noite e me sentia muito bem. Em palavras de gratidão, falei em direção às montanhas: *"Obrigado, meu Deus. Obrigado pelos momentos vividos neste dia. Peço bênção aos meus familiares e amigos"*.

Acordei com o forte brilho do sol na janela. Estava descansado. Antes do café da manhã fui para a área externa.

Foto 120 – Amanhecer em Mende

Fonte: arquivo pessoal

Todos os lados tinham paisagens lindas. Disse a mim mesmo: *"Obrigado, Nossa Senhora. E proteção para o novo dia"*.

Foto 121 – Café da manhã

Fonte: arquivo pessoal

14
PENSAMENTOS E O CANSAÇO

O céu estava maravilhosamente azul e saímos deixando Mende e as lembranças de momentos inesquecíveis.

Comentei com Kumar e Bhakta que ficaria um pouco atrás naquele dia. Senti que era o momento de me interiorizar, de questionar, de avaliar e de discutir comigo mesmo de forma mais intensa que nos dias anteriores.

Foto 122 – Percurso a caminhar

Fonte: arquivo pessoal

Respirei e liguei o gravador. Mais uma vez fiz uma retrospectiva da minha vida e enfrentei os meus medos, minhas angústias e meus questionamentos. Em alguns momentos senti raiva, em outros chorei e falei como se estivesse em uma sessão de terapia. Aos poucos fui deixando alguns sentimentos no caminho e me enchendo de pensamentos positivos.

Após algumas paradas desliguei o gravador, restabeleci-me e levantei a cabeça. Perguntei para Kumar como ele conseguia fumar quando parávamos e ter tanta disposição no percurso. Eu estava quase entrando na reserva (kkkkkk). Ele riu também e respondeu que o segredo estava na respiração.

Não me lembro se estava conseguindo controlar a respiração como no início, pois estava ficando ofegante com maior facilidade. Decidi voltar a me atentar, assim, talvez, eu tivesse melhor condição (kkkkkk). Mas, no fundo, eu sabia que era pelo meu condicionamento físico. Pensei: "Quando eu retornar, darei valor aos exercícios".

Foto 123 – Percurso da caminhada

Fonte: arquivo pessoal

Paramos para o almoço e naquele dia senti uma imensa vontade de tomar um refrigerante, de preferência Coca-cola. Não é propaganda! (kkkkkk). Talvez estivesse com baixo açúcar no sangue, por isso o desejo repentino. A comida estava saborosa: arroz, legumes cozidos e uma sopa, mas, apesar disso, por comer as barrinhas de proteína acabava sentindo pouca fome no almoço.

Após um pequeno descanso, voltamos à caminhada. Alguns minutos depois do ponto de apoio, encontramos crianças indo para a escola. Não hesitei e pedi para Kumar chamá-las. Elas vieram ao nosso encontro e distribuí balas. Elas ficaram felizes e agradeceram. O sorriso daquelas crianças não apenas me encantava, mas recarregava as minhas energias.

Foto 124 – Encontro com crianças na trilha

Fonte: arquivo pessoal

Na segunda parte do trajeto, voltei a sentir cansaço. Paramos para uma pequena pausa junto a um stupa e após rezar nas rodas de oração, Kumar apontou uma montanha e disse: "Olhe! Olhe! Everest!". E mais uma vez pude admirar a grande e imponente montanha. Mas a surpresa foi olhar para baixo e avistar a ponte suspensa lá no fundo, distante. Fiquei impressionado pela diferença de altura entre a ponte e onde estávamos. Pensei no silêncio: "Subimos tudo isso?".

Retornamos a caminhada e no percurso encontramos sherpas carregando, em balaios, lenha, produtos diversos e, para minha surpresa, uma porta.

Foto 125 – Transporte de materiais

Fonte: arquivo pessoal

"Namastê".

"Namastê".

"Namastê".

E assim recebíamos o cumprimento de todos que passavam por nós.

Por alguns momentos permaneci em silêncio, deixei os guias irem na minha frente. Voltei a refletir sobre a vida. Mas há tanto a se pensar, não acha? Sim, mas meus pensamentos estavam relacionados àquele lugar e àquela cultura.

Senti uma paz dentro de mim, uma sensação muito boa. Aos poucos consegui reequilibrar o meu corpo com a correta forma de respirar. Pensei em como, muitas vezes, reclamei da vida por situações ou pequenos motivos. Tantas foram as pessoas que cruzamos nas trilhas, sempre com um sorriso ao nos cumprimentar. Alguns carregavam balaios pesados com lenha, outros com alimentos, mas sempre com um sorriso no rosto.

Foto 126 – Transporte de lenha

Fonte: arquivo pessoal

Muito bonito ver e sentir tudo isso. Será que reclamo muito? Com certeza sim. Lá, as pessoas carregam peso todos os dias, na forma física. O meu peso era sempre achar que eu era o salvador do mundo, a pessoa disponível para ajudar, responsável por tudo e por todos. Lá, cada um tinha a sua dificuldade, vivia a vida de forma simples, mas com imenso amor no coração.

Ouvir sempre e mais a todos! Poxa, a vida pode ser mais leve, está nas nossas mãos as escolhas. Cheguei a me questionar sobre o que estava fazendo ali, afinal, podia estar aproveitando as férias numa praia, tomando cerveja. Mas naquela altura da viagem, eu estava convicto de que tinha feito a escolha certa. Eu precisava estar ali!

Estávamos próximos do local da pernoite e o cansaço era intenso. Havíamos caminhado umas seis horas com um acúmulo de 700 metros de subida e algo em torno de mil metros de descida. Os passos eram mais lentos. Pensava: "Força... Força... Podemos finalizar a viagem". Essa era uma vantagem em não estar em um grupo.

O peso dos passos fez com que ficasse pensando sobre a finalização. Chegamos a Tashinga, uma pequena vila situada em meio a florestas de pinheiros, com altitude de 3.450 metros. O lodge, um sobrado de madeira, à beira da trilha, era muito simples. Entramos por uma lateral. Uma senhora nos recebeu na cozinha junto a um fogareiro, no qual estava cozinhando.

Foto 127 – Lodge

Fonte: arquivo pessoal

Um cheiro gostoso de comida se misturava à lenha queimando.

Foto 128 – Lodge

Fonte: arquivo pessoal

"*Namastê*", recebeu-nos ela, com um sorriso no rosto. Ela me levou até o quarto e vi que o aposento da família era ao lado de uma escada de madeira junto à cozinha. Tinha uma cortina. Pensei que era ali devido à cozinha com o braseiro. O acesso ao pavimento superior era inclinado. O quarto era pequeno e tinha uma cama e uma mesa.

Foto 129 – Lodge

Fonte: arquivo pessoal

O banheiro era comunitário e o chuveiro ficava fora da casa. Estava cansado e com dores no corpo. Aos poucos amadurecia a ideia de finalizar a viagem. Comecei a cochilar e ouvi baterem na porta do quarto. Pensei ser Kumar para alguma informação, porém, ao abrir, era a senhora da casa com um senhor.

Eu estava um pouco ensonado, mas entendi o inglês dela. *"Namastê. Este é o meu marido. Queremos que você esteja na sua casa"*. A senhora continuou: *"Vou preparar uma comida para o senhor se alimentar bem"*. Agradeci e, ao fechar a porta, pensei: "Nossa, que atenção". Dormi um pouco e ao me levantar para o jantar pensei em falar com Kumar sobre o retorno. Jantamos, conversamos e fomos para a roda de bate-papo no braseiro.

Foto 130 – Lodge

Fonte: arquivo pessoal

Estavam o casal, dois sherpas locais, acredito que amigos, eu, Kumar e dois alemães. Todos estavam falando ao mesmo tempo quando observei, no fundo, uma adolescente junto a um lampião. Levantei-me e fui até ela para conversar. "*Namastê*", eu disse. "*Namastê*", ela respondeu. "*Você está estudando?*". Ela respondeu que sim e me mostrou a grade de matérias.

OS PENSAMENTOS NO TETO DO MUNDO

No Nepal, os estudantes possuem aula de segunda a segunda. Ela me falou das matérias que mais gostava. Nisso, os pais se aproximaram e contaram que a filha era o orgulho deles e que ela tinha o sonho de estudar nos Estados Unidos, de cursar Medicina e voltar para cuidar dos familiares e amigos. Eles falaram com tanto orgulho que meus olhos se encheram de lágrimas. Conversamos mais um pouco e subi para dormir. Acabei não falando nada sobre o retorno, mas falaria no café da manhã, no dia seguinte.

Nessa noite estava muito frio, talvez a noite mais fria desde o início da viagem. Entrei no saco de dormir e mesmo com toda a roupa continuava a sentir frio. Eu tremia. De repente, bateram na porta. Pensei: "O que será?". Mais uma vez, pensei ser o Kumar para dar algum recado, mas ao abrir vi que era o casal e que o senhor estava com dois cobertores de iaque bem grossos.

Primeiramente, eles me pediram desculpas, e, então, disseram que não queriam que eu sentisse frio na casa deles. Estendi as mãos e peguei os pesados cobertores. Agradeci e eles saíram. Fechei a porta ainda sem acreditar. Deitei-me e coloquei os cobertores sobre o saco de dormir. Nossa! Esquentou!!! Agradeci a Deus e adormeci pensando nesse momento. Lembrei-me da minha mãe.

15

A FORÇA INVISÍVEL

Algo aconteceu naquela noite, pois acordei quase uma hora antes do despertador. Não estava sentindo dor, pelo contrário, estava animado para mais um dia. Levantei-me após as orações e desci para a cozinha por volta das 5h. A senhora estava colocando lenha no fogão, olhou-me assustada e perguntou se eu não tinha dormido direito. *"Você sentiu frio?"*, respondi que não e que estava muito bem.

Fui para o lado de fora e uma neblina cobria a estrada, mas já dava pra ver o sol nascendo atrás das montanhas. Entrei e encontrei Kumar, que também se assustou e me perguntou: *"Você está bem?"*. Tomamos café da manhã, ou melhor, chá com gengibre, pão com ovo e mel. Subi para arrumar a bolsa e a mochila e quando desci estavam todos me aguardando junto ao braseiro.

A senhora me ofereceu mais um chá e como essa bebida era o ponto fraco na viagem, não hesitei em aceitar (kkkkkk). Agradeci por tudo que eles fizeram por mim e estiquei as mãos para o casal. Eles viram as minhas mãos e recuaram. Disseram que toda a minha estadia já estava paga. Então disse a eles que me lembrava do que eles tinham me contado na noite anterior, sobre o sonho da filha deles, e que eu queria, de coração, dar a eles um presente para contribuir com esse sonho. Assim, separei um valor e entreguei a eles, que começaram a chorar. Eu não aguentei e também chorei. Pedi para tirar uma foto e guardar de lembrança.

Foto 131 – Despedida da acolhida

Fonte: arquivo pessoal

Nossa, que momento lindo eu vivi junto a essa família! Despedimo-nos e pegamos a estrada, já com sol e a neblina se dissipando.

Incrível! Parecia que estava iniciando a viagem naquela manhã. Aos poucos nos distanciávamos e meus pensamentos estavam em agradecer a Deus e a Nossa Senhora pelos momentos vividos. Jamais me esquecerei! Kumar olhava e ria por ver a minha alegria. "*São os poderes das montanhas*", ele comentou. E eu respondi que não entendia como ele não tinha parado de fumar com o poder da montanha. Rimos bastante. Mal podia imaginar que naquele dia teria lindas vistas do Everest, de Lhotse, Nuptse e Ama Dablam, considerada uma das mais lindas montanhas do planeta.

Encontramos um grupo de crianças e Kumar perguntou se eu ainda tinha balas. Ele chamou as crianças e mais uma vez foi uma alegria. O dia estava lindo, mas o frio nos forçava a parar para tomar água com maior frequência. O local da parada para o almoço tinha um visual maravilhoso. Sentei-me do lado externo do restaurante e pedi para Kumar e Bhakta ficarem comigo. Foi um almoço muito agradável. Conversamos bastante sobre vida, família e como é ir ao Everest.

Eles têm uma vida simples, mas são felizes e disseram que possuem tudo que precisam para viver. Uma frase para refletir. Seguimos o caminho após o almoço e fiquei pensando nas palavras deles sobre a vida. Encontramos várias pessoas nesse percurso, jovens e idosos. Muito legal!

Chegamos um pouco antes das 16h no vilarejo de Khumjung. A vila fica aos pés da montanha e é um local muito bonito. Ela está localizada a 3.970 metros acima do nível do mar, perto do Monte Khumbila. Ao fundo desse monte podemos ver o Everest, Lhotse e Ama Dablam.

A vila fica dentro do Parque Nacional de Sagarmatha e li em uma placa que esse parque é classificado pela Unesco como Patrimônio Mundial da Humanidade desde 1979. Havia rodas de oração na entrada da cidade com um bonito stupa colorido. De um dos lados do stupa dava a impressão de estar mostrando a ponta o Everest.

O lodge era uma edificação em alvenaria e tinha bonitos traços da cultura local. Fomos recebidos na entrada do sobrado e direcionados para os quartos. Eba! Tinha chuveiro no quarto! (kkkkkk). Pense na alegria de uma pessoa ao ver um chuveiro! Tomei um banho e fui descansar até o jantar. Incrivelmente, senti pouco cansaço nesse dia. Agradeci a Deus pela proteção.

Ao descer para o jantar pedi para Kumar chamar Bhatza para fazer companhia. Queria ter comigo nas refeições as pessoas que estavam me acompanhando. Kumar disse que o apoio tinha um local separado na casa, mas com boa acomodação. Reiterei o pedido e Kumar trouxe Bhatza para eles se juntarem a mim no jantar. Depois, conversamos bastante ao lado do braseiro, tomando um bom chá de gengibre com leite. Percebi o quanto eram bons os momentos após o jantar.

Foto 132 – Comida nepalesa

Fonte: arquivo pessoal

Antes de ir dormir fui até a rua e ao olhar para o bonito céu, agradeci a minha vida. Senti vontade de me expressar dessa forma. Aproveitei para arrumar a bolsa e a mochila, jogando fora o lixo acumulado no percurso e enchendo o recipiente de água. Foi uma noite em que não senti tanto frio.

Saímos após o café da manhã. Parecia que nos conhecíamos há muito tempo. Caminhamos ao lado do Rio Dudh Kosi. Uma longa subida se aproximava. O entorno era lindo. Encontramos alguns iaques no caminho e tivemos que parar junto às árvores para que eles pudessem passar. Eram muitos e eles carregavam vários balaios.

Foto 133 – Rio Dudh Kosi

Fonte: arquivo pessoal

    Observei pessoas cortando galhos dos pinheiros. Era a lenha necessária para a sobrevivência deles. Mesmo de longe eles nos cumprimentavam: "Namastê". Que Deus, nosso Pai, esteja junto ao seu Deus, protegendo a todos nós.

16

A MUDANÇA

Continuávamos a caminhar pela trilha e meus pensamentos faziam uma retrospectiva para as tantas coisas vividas até aquele momento e que me fizeram refletir sobre a vida. Gratidão, amor ao próximo, simplicidade, ajuda, disponibilidade, respeito, dignidade, naturalidade, entre outras... Eram palavras sobre as quais eu ia refletindo na cadência dos meus passos na trilha.

Uma mudança silenciosa. Mas foi preciso parar e me desligar para perceber tantas coisas simples que a vida nos oferece. Ficamos alienados ao consumismo e a uma sociedade que nos coloca cada vez mais distante uns dos outros. Em poucos dias me permiti sentir momentos e sensações maravilhosas. Obrigado, Senhor meu Deus! Por decisão minha, meus olhos estavam vendados para as coisas simples e com isso eu não me permitia vivenciar momentos de magia e encantamento.

Lá, tudo era natural, nada forçado ou como se fosse uma peça teatral. A sensação de paz e de alívio no coração era imensa. Estava muito feliz por essa oportunidade em minha vida. Kumar comentou ser possível utilizar a internet no lugar da nossa próxima pernoite. Achei perfeito, pois ia aproveitar para dar um "alô", dizer que estava bem e saber notícias de todos, principalmente da mamãe.

Em alguns momentos tinha a impressão de que Deus havia feito uma pintura da paisagem, pois a leveza das cores e os detalhes das montanhas eram indescritíveis. A combinação da neve com o azul do céu era um presente para os olhos. No trajeto final do dia havia uma subida e voltei a sentir cansaço e dores nas costas. Com certeza, não estava com a postura alinhada.

Foto 134 – Rodas e bandeiras de oração

Fonte: arquivo pessoal

    Fizemos uma pequena pausa para descansar por alguns instantes. Nisso, Kumar me pediu para entregar a mochila para Bhatza, pois tínhamos uma longa subida pela frente e eu precisava estar bem para chegar ao lodge. Primeiramente falei que não precisava, mas Kumar reiterou o pedido, dizendo que eu não me arrependeria. Poxa, mas Bhatza já estava com a mala, e agora ficaria também com a mochila? Porém aceitei a ajuda. E, realmente, eles estavam certos, pois a subida era bastante puxada.

Não estar com o peso nas costas facilitou minha caminhada, mas não considerava justa essa situação. Resolvi parar para tomar água e falei para ambos que eu podia levar a mochila. Kumar me disse para eu não me preocupar e completou: *"Você está cansado e terá dificuldade para subir. Por favor, nos permita ajudar"*. Olhei para eles e concordei. Obrigado pelo apoio! Senti naquele momento a humildade em aceitar a ajuda, pois, afinal, estava sentindo cansaço e a dificuldade do trecho que antecedia a parada do dia.

Voltamos a andar e brinquei: *"Sem o peso nas costas vou sair correndo"*. Todos riram. Devido ao frio e ao nível de dificuldade, a garganta ressecava rapidamente e eu parava bastante para tomar água. Entendi os motivos da aclimatação e a importância de adaptar o corpo à altitude e à temperatura. E ainda não acreditava quando eles começavam a fumar. Impressionante!

Alguns iaques desciam e ficamos aguardando eles passarem. Eles tinham sinos amarrados sobre os balaios e era bonito ouvir.

Foto 135 – Iaques

Fonte: arquivo pessoal

 Mais um pouco e chegamos a um platô, onde avistei um imponente monastério. Kumar disse ser o Monastério de Tengboche, um mosteiro budista tibetano, situado a 3.850 metros de altitude, no vilarejo de Tengboche. Esse monastério é considerado o mais importante da região do Everest.

Foto 136 – Vista de Tengboche

Fonte: arquivo pessoal

Nesse mosteiro, diariamente, às 15h, os monges realizam uma bonita cerimônia. Passamos pelo monastério e caminhamos por mais 20 minutos até o lodge, onde deixamos as bolsas.

Foto 137 – Iaques

Fonte: arquivo pessoal

Ao nos aproximarmos da casa observei um objeto parecido com uma antena parabólica. Rapidamente pensei ser interessante. Mais próximos, percebi que parecia mesmo uma parabólica de sinal de TV, de alumínio, mas vi que no centro dela havia uma panela de pressão. Ou seja, era utilizada para cozinhar, era um fogão solar. Fiquei impressionado e feliz por ver a preocupação em se utilizar meios não poluentes.

Foto 138 – Forma de aquecer panela

Fonte: arquivo pessoal

A queima da madeira polui o ar. Associei esses pensamentos à questão do lixo produzido no trekking. Em diversos locais encontramos caixas separadas para os lixos comum e reciclável. Não perguntei sobre a periodicidade de retirada do lixo das caixas.

Foto 139 – Equipe

Fonte: arquivo pessoal

    Deixamos as mochilas e retornamos ao monastério para assistir à cerimônia das 15h.

Foto 140 – Monastério de Tengboche

Fonte: arquivo pessoal

    O som que ecoava no local era diferente e vinha de um instrumento que parecia um chifre de animal.

Foto 141 – Monastério de Tengboche

Fonte: arquivo pessoal

Sinos e incenso completavam o ambiente de oração.

Foto 142 – Monastério de Tengboche

Fonte: arquivo pessoal

Recebemos uma benção para proteção pelos monges. "Namastê".

Foto 143 – Monastério de Tengboche

Fonte: arquivo pessoal

    Após a visita ao monastério, saímos em trilha em direção a um morro à frente. Perguntei a Kumar aonde estávamos indo e ele me respondeu que era um ponto de observação no alto desse morro.

Foto 144 – Vista da caminhada com destino ao topo

Fonte: arquivo pessoal

17

PAZ INTERIOR

Começamos a trilha e a subida era bastante acentuada. Aos poucos fomos nos afastando do monastério e da vila e eles foram ficando pequenos aos nossos olhos.

Foto 145 – Vista de Tengboche ao fundo

Fonte: arquivo pessoal

Um pouco mais de quarenta minutos de forte subida e tivemos uma vista panorâmica dos picos de Tawache, Everest, Nuptse, Lhotse, Ama Dablam e Thamserku, com certeza a visão plena do Himalaia. Havia várias bandeiras de oração junto à trilha.

Foto 146 – Formação das nuvens com o efeito da neve

Fonte: arquivo pessoal

Percebi que meus olhos estavam lacrimejando. Fiquei muito emocionado, pensando em como era um sonho estar ali.

Foto 147 - Formação das nuvens com o efeito da neve

Fonte: arquivo pessoal

Agradeci a Kumar: "*Thank you so much. I's a dream* Meu Senhor e meu Deus, obrigado por esse momento! Nossa Senhora Aparecida, agradeço pela minha vida.

Foto 148 - Formação das nuvens com o efeito da neve

Fonte: arquivo pessoal

Sentei-me em uma pedra para admirar o meu entorno. Não me lembro de quantos minutos fiquei ali, paralisado, observando, refletindo e apreciando.

Foto 149 – Momento de reflexão em Tengboche

Fonte: arquivo pessoal

Chegou a hora de descer. Eu queria mais tempo, mas precisávamos descer antes de escurecer.

Foto 150 – Altitude

Fonte: arquivo pessoal

    Por ser um local íngreme era necessário tomar mais cuidado. Ao descer o visual era ainda mais mágico, deslumbrante. Parei algumas vezes para contemplar a paisagem e agradecer a Deus.

Foto 151 - Formação das nuvens com o efeito da neve

Fonte: arquivo pessoal

Retornamos na sequência para o lodge.

Foto 152 - Formação das nuvens com o efeito da neve

Fonte: arquivo pessoal

Quando chegamos no lodge, Kumar me informou de que Bhatza não iria nos acompanhar a partir do dia seguinte, assim, precisava verificar a mochila e levar somente o necessário para os próximos dias. Bhatza acompanharia um grupo que retornava para Lukla a partir de Tengboche. A bolsa ficaria no lodge e a pegaríamos no retorno. Agradeci a Bhatza por todo o apoio na viagem. Deus lhe abençoe. "Namastê".

Foto 153 – Despedida de Bhatza

Fonte: arquivo pessoal

18

COMUNICAÇÃO

Fui arrumar as coisas e avaliar o que levar na mochila, mas, antes, aproveitei que o lodge tinha internet e adquiri um cartão para acessá-la e ter notícias, principalmente dos meus pais.

Foto 154 – Cartão de internet

Fonte: arquivo pessoal

O WhatsApp tinha diversas mensagens de amigos querendo saber notícias. Abri a mensagem de minha irmã, que comentou que todos estavam bem. Fiquei feliz e respondi que estava bem também, com saudades, e que estava adorando a viagem. Agradeci a Deus e fiquei tranquilo por ter notícias, e boas. Minha preocupação naquele momento era ter notícias das pessoas especiais. Já eram dias sem comunicação e sem notícias do mundo.

Após o jantar saí um pouco e havia muitas pessoas observando o céu. Estava lindo! A lua cheia sobre a montanha branca de neve formou uma imagem impressionante. Fui buscar a máquina fotográfica para tirar fotos, mas não tinha lente apropriada. Tentei de várias formas, mas não consegui obter o resultado desejado. Aquela imagem ficará para sempre na minha memória. Foi uma das noites mais lindas que vi em minha vida.

Foto 155 – Noite em Tengboche

Fonte: arquivo pessoal

Essa noite foi uma das noites mais frias que enfrentei, assim ficamos um pouco mais junto ao braseiro. O termômetro registrou temperatura de -12°C à meia-noite, com sensação térmica de -16°C.

Ao sair pela manhã pensei que estava há vários dias em uma viagem sensacional e que além de momentos de cansaço e dores pelo corpo, não havia tido nenhuma indisposição suficiente para ter que tomar alguma medicação. Tirando o episódio da mão dormente/congelada em Namche Bazaar, realmente não tive nenhum problema. Nem mesmo uma bolha nos pés com o uso das botas. Deus é muito bom! Obrigado por tantas bênçãos!

Foto 156 - Formação das nuvens com o efeito da neve

Fonte: arquivo pessoal

O trajeto do dia não foi muito curto e mais uma vez houve a necessidade de aclimatação para subir mais um pouco. Estávamos há poucos dias de finalizar o trekking e após receber notícias do Brasil me sentia mais leve, e mesmo sentindo as limitações do corpo com o cansaço, com as dores e com a altitude, mantinha os passos firmes.

Esse foi mais um dia de reflexão. Pensei no que posso controlar, como as minhas atitudes e ações, como eu faço, quem eu sigo e quem deixo de seguir, como trato os outros e a mim mesmo, como reajo às situações e os limites que imponho, e nas coisas que não posso controlar. Eu achava que podia controlar tudo. Quantos anos da minha vida pensei dessa forma. Estava completamente equivocado! Mas sempre há tempo para mudanças e por que não naquele momento?

Exatamente! Os pensamentos foram fluindo e aos poucos tive a sensação de estar mais leve ao caminhar. E realmente estava! Não estava carregando um peso extra das coisas pelas quais entendia ser responsável. Sentia apenas o peso da mochila e não a responsabilidade de resolver todos os problemas. Sempre fui uma pessoa crítica e procurava sempre ser o melhor, o primeiro, o "sabe tudo". Sentia-me o encarregado de todos os problemas do mundo. Tinha tudo em mãos e reclamava, considerava-me infeliz. Como estava enganado...

Não preciso ser o melhor, mas fazer as coisas corretamente. Não preciso ser o primeiro, mas fazer parte do grupo. Não sei tudo nesta vida, mas que o meu conhecimento possa contribuir para o coletivo. A felicidade está em nosso interior e há tantas coisas simples que trazem momentos de alegria.

Naquele momento, levantei o meu olhar para o céu e pedi a Deus perdão pelos equívocos cometidos. Sabia que algo importante estava acontecendo comigo, sentia-me bem com os meus pensamentos.

Foto 157 – Vista da trilha

Fonte: arquivo pessoal

19

BAGAGEM MAIS LEVE

Paramos em alguns momentos para descansar ou tomar água, mas sempre retornava aos pensamentos durante a caminhada. Não sei dizer quantos quilos deixei no decorrer da trilha. Uma sensação de alívio e paz me invadiu.

No almoço perguntei se poderíamos parar por aquele dia. Kumar deu risada e falou que seria bom se conseguíssemos chegar ao destino do dia, mas era eu quem decidia. De imediato, falei: "*Vamos seguir*" (rsrsrs). Voltamos para a trilha e após umas duas horas e meia chegamos ao vilarejo de Pangboche, localizado a 3.985 metros de altitude. Ainda estávamos dentro do Parque Nacional de Sagarmatha e era um local popular para os *trekkers* e montanhistas que sobem as trilhas em direção às montanhas do Himalaia.

Na manhã seguinte saímos bem cedo, pois seria um dia puxado. As paradas foram aumentando, principalmente pelo cansaço. Kumar pegou a minha mochila e seguimos. Quando paramos para o almoço, o cansaço físico era grande, mas caminhando no meu ritmo chegamos a Dingboche por volta das 17h.

Kumar me parabenizou pela vontade de seguir e conseguir. Agradeci a Deus e pedi proteção a Nossa Senhora. Posso colocar a palavra "superação" na lista. Com a possibilidade de um banho quente, o descanso era importante. O dia seguinte seria de aclimatação nos arredores de Dingboche para me adaptar à altitude.

O vilarejo possui um heliponto, utilizado para situações de emergência. Bem, esperava não precisar usá-lo (rsrsrs). Uma das características do vilarejo são os muros de pedra, muito bonitos junto à paisagem das montanhas.

Foto 158 - Formação das nuvens com o efeito da neve

Fonte: arquivo pessoal

    Após o almoço caminhei um pouco, mas achei melhor parar logo para aproveitar para descansar. Interessante que o local possui apenas vegetação mais rasteira e se contrasta com o Rio Imja (afluente do Dudh Kosi). Esse rio nasce na cordilheira do Himalaia, próximo às encostas sul do Everest.

    No dia seguinte saímos um pouco mais tarde que o habitual para fazer a aclimatação. Kumar sugeriu levarmos apenas água e os *stickers*. A caminhada foi a subida do Nagarjun Peak, que possui 5.100 metros de altitude e fica ao lado do vilarejo.

Foto 159 – Trilha com neve

Fonte: arquivo pessoal

Pudemos contemplar milhares de *mani stones* (pedras com inscrições sagradas). Retornamos e após o almoço descansamos para o dia seguinte. Pela primeira vez durante a viagem senti dor de cabeça, que incomodou no retorno a Dingboche.

Foto 160 – Trilha com neve

Fonte: arquivo pessoal

Pela manhã optei por tomar um remédio antes de sair para tentar não ter a dor de cabeça novamente. A paisagem era mais árida, com pouca vegetação. Foram momentos de subida e descida pela trilha, sempre com o visual das montanhas à frente. Realmente, a paisagem e o silêncio quebrado apenas pelo som dos passos eram uma grande experiência.

Foto 161 – Trilha com neve

Fonte: arquivo pessoal

Almoçamos na pequena vila de Dughla, com suas poucas edificações. Pensei no fato de que as pessoas que moram ali ficam completamente isoladas, principalmente em uma emergência. Qualquer tipo de resgate, somente com helicóptero. Por não ter muita vegetação, a lenha é levada de locais um pouco distantes. No caminho, várias pradarias (planícies vastas e abertas onde não há sinal de árvores nem arbustos). O almoço era com o visual das majestosas montanhas.

Seguimos com o paredão do Glaciar de Khumbu (Geleira do Khumbu). Ela é considerada uma das geleiras mais longas e a mais alta do mundo, iniciando na altitude de 4.900 metros e terminando por volta dos 7.600 metros. Ela possui algumas cascatas de gelo, mas somente para os alpinistas experientes. Não passamos nem perto.

Foto 162 – Trilha com neve

Fonte: arquivo pessoal

    Chegamos a um memorial de pedra dedicado aos montanhistas que perderam a vida tentando escalar os picos da região. É um local de respeito. O memorial representa as mais de 200 pessoas que morreram, os corpos congelados que lá permanecem até hoje, as vítimas de avalanches, quedas e pela falta de experiência. Há um local no trajeto de subida ao pico conhecido como "zona da morte", com muitas bandeiras de oração.

    Avistamos a vila de Lobuche ao lado da montanha com o mesmo nome. As montanhas em volta são bonitas e parece até fácil escalar, porém Kumar comentou que é necessária uma autorização da Associação de Montanhismo do Nepal. Mas foi apenas um pensamento, afinal não tenho nenhum conhecimento em alpinismo.

Foto 163 – Lodge

Fonte: arquivo pessoal

20

KALA PATTHAR, A CONQUISTA

Pela manhã, saímos ainda no escuro e seguimos para os últimos trechos da viagem. O relógio marcava 5h04, e a temperatura estava em -8°C com sensação térmica de -13°C.

Seguimos pela lateral do Glaciar do Khumbu e estava muito frio. Coloquei o óculos apropriado, pois o sol na neve ficava muito claro. Caminhamos por duas horas, entre subidas e descidas, chegando a Gorak Shep, um pequeno vilarejo situado a 5.164 metros de altitude. De lá é possível ver o imponente Everest. Sensacional!

Por um período, Gorak Shep foi considerado o campo base para as escaladas do Everest. Kumar explicou que após o almoço subiríamos até Kala Patthar, onde avistaríamos o atual Everest Base Camp. A minha autorização para o trekking não permitia a pernoite no campo base. Além disso, o frio era muito intenso.

Após um rápido almoço, Kumar me disse para vestir mais roupa de frio e deixar a mochila no lodge. Saímos e começamos a subir em direção a um platô do Kala Patthar. O vento era forte e incomodava no caminhar. Não havia nenhuma vegetação.

A subida tinha bastante inclinação e o corpo indicava o cansaço. Graças a Deus não tive dor de cabeça. A bota e as roupas pesavam. Quase duas horas de caminhada e chegamos ao platô, localizado a 5.290 metros. Para o trekking esse era o ponto mais alto que se pode chegar sem a licença de escalada, uma *climbing permit*, que é obtida em Kathmandu, na Associação Montanhesa do Nepal, Nepal Mountaineering Association.

A Montanha Kala Patthar tem a aparência de uma duna gigante. Observei a Geleira do Khumbu e o incrível Monte Everest. A sensação de estar próximo a ele era muito boa. Eu estava muito feliz e completamente irradiante por estar ali, tão próximo a ele, que era um sonho de criança. Sensacional! Ajoelhei-me e agradeci a Nossa Senhora Aparecida por essa conquista. Sim, uma conquista!

Foto 164 – Chegada a Kala Patthar

Fonte: arquivo pessoal

Não acreditava que havia conseguido chegar tão longe, em todos os sentidos. Eu não estava fisicamente preparado. Deus me protegeu! Fora a dor de cabeça que tive, tudo transcorreu bem.

Foto 165 – Kala Patthar

Fonte: arquivo pessoal

Lembrei-me de que, no dia anterior, encontramos com pelo menos três pessoas sendo levadas pelos sherpas com oxigênio, e eu não senti dificuldade para respirar.

Foto 166 – Kala Patthar

Fonte: arquivo pessoal

Ficamos por um tempo admirando tudo ao redor, até que Kumar falou que precisávamos retornar.

Foto 167 – Kala Patthar

Fonte: arquivo pessoal

Deus pintou esse lugar. É muito lindo!

Pensei em meus pais e estava certo que eles sentiam a minha emoção.

Foto 168 – Kala Patthar

Fonte: arquivo pessoal

Admirei também a altitude registrada no relógio. Seria um sonho? Não!

Foto 169 – Kala Patthar

Fonte: arquivo pessoal

Tudo era muito real!

Foto 170 – Altitude

Fonte: arquivo pessoal

Aos poucos fomos nos afastando e começando a descida. Quando chegamos em Gorak Shep, ainda estava emocionado.

Foto 171 – Gratidão

Fonte: arquivo pessoal

Não sei dizer para onde foram as dores no corpo.

Foto 172 - Trilha

Fonte: arquivo pessoal

Era o momento de retornar. Saímos cedo. O almoço foi em Pheriche, uma vila localizada a 4.371 metros de altitude. Kumar me mostrou uma edificação que era um tipo de hospital, bastante rudimentar, sob responsabilidade da Associação de Resgate do Himalaia. Seguimos e no final do dia estávamos em Dingboche.

Pela não necessidade de fazer aclimatação, o retorno foi mais rápido. Para nossa surpresa, Bhatza estava no vilarejo e nos acompanhou no retorno. Perguntei se ele tinha ido com o outro grupo e ele disse que sim, mas que já estava de volta. Nossa! (rsrsrs).

Continuamos e em dois dias estávamos em Lukla. Quando passamos em Namche Bazaar vimos vários carregadores vindos de diversas partes trocando objetos e suprimentos em um tradicional bazar.

No percurso, encontramos com várias pessoas seguindo a trilha. "Namastê" — desejo que sigam em paz e alcancem seus objetivos.

Chegamos em Lukla e no aeroporto me despedi de Bhatza, desta vez em definitivo. Com Kumar, aguardamos pelo embarque para Kathmandu. O voo estava atrasado. Por que será? (kkkkk).

Foto 173 – Aeroporto, Lukla

Fonte: arquivo pessoal

Ao embarcar, olhei para as montanhas e agradeci a Deus.

Mais uma vez a emoção na decolagem, porém torcendo para que o avião decolasse na curta pista (kkkkk). O barulho de potência máxima para a aeronave ter maior velocidade. Tudo muito rápido e em instantes vi Lukla ficando pequena. O voo teve pouca turbulência e pela janela vi as montanhas ficando para trás.

Foto 174 – Lukla

Fonte: arquivo pessoal

Ao chegarmos em Kathmandu, Puhakan estava nos aguardando no aeroporto. Ele perguntou se eu estava bem e se tinha gostado da viagem. Estava bastante cansado, mas com alegria no semblante. Feliz por uma viagem maravilhosa, repleta de surpresas e lições. Agradeci pela organização e atenção comigo.

21

O RETORNO

Fomos para o hotel, onde me despedi de Kumar. Nunca me esquecerei de tudo o que ele fez por mim. Fiquei emocionado nesse momento.

Peguei as malas, que estavam guardadas, e ao chegar no quarto liguei para meus pais para saber notícias. Emocionei-me ao ouvir a voz deles, principalmente da mamãe. Tanta coisa que queria falar! (kkkk).

Comecei a organizar os preparativos do retorno. Com certeza, não guardaria apenas as roupas e os equipamentos, mas as lembranças de uma viagem que ficará para sempre em minha memória e em meu coração. As malas estavam pesadas, mas me sentia leve como pessoa. Aos poucos fui me reconectando, mas com a certeza de que levava na bagagem inúmeras lições dos 13 dias de caminhada.

Aproveitei a tarde livre para andar um pouco nos arredores do hotel. Interessante, pois via a cidade e as pessoas de forma diferente. Sentia-me em paz.

Na manhã seguinte segui para o aeroporto para o voo para São Paulo, com conexão em Istambul. Não podia deixar de agradecer em minhas orações por tudo.

Confesso que pensei que entraria no avião aos "cacos", enfaixado ou algo do gênero, mas me surpreendi. Sentia-me muito bem. Não como um atleta, claro, mas estava com a sensação de ter concluído uma caminhada.

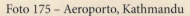

Foto 175 – Aeroporto, Kathmandu

Fonte: arquivo pessoal

Ao embarcar na pista, olhei as montanhas e agradeci mais uma vez.

Durante o voo fiquei refletindo sobre as lições aprendidas. Tantas coisas que não observava no meu entorno. Graças a Deus, pude rever e reavaliar a vida. E fui retornando para minha vida, com a percepção de que os momentos de espiritualidade foram intensos, assim como os aspectos emocionais.

Sinto-me feliz e grato!

Vivo a vida de maneira mais leve e serena!

"NAMASTÊ".

Que Deus e Nossa Senhora abençoem a todos!

Cheguei em São Paulo na noite de domingo. No dia seguinte retornei ao trabalho com muitas histórias para contar. No final de semana fui para Aparecida para me encontrar com meus pais. Foi uma grande alegria estarmos juntos, pedir-lhes bênção.

E 2017 finalizou-se.

Entramos em 2018 e o estado de saúde da mamãe se agravou. Nesse período tive paz para estar com ela e dar apoio aos meus familiares. Mamãe nos deixou em abril.

Algumas pessoas me perguntam se era preciso ir tão longe. Costumo responder que, primeiramente, era um sonho; e ao realizar esse sonho pude vivenciar uma experiência que transformou a minha vida. Paisagens inesquecíveis, e uma viagem mágica e inspiradora não termina jamais. Ela foi um grande aprendizado.

Desejo retornar um dia.

Os pensamentos no teto do mundo continuarão presentes na minha vida. A felicidade é uma escolha e está em nossas mãos. Há maneiras diferentes de se encarar a vida, de ver e lidar com as coisas e com as pessoas. Também é importante coragem para mudar, deixando, assim, um legado de uma grande experiência.

E a respeito do relacionamento que comentei no início, reencontramo-nos, estamos casados e temos dois dogs.

Obrigado, Senhor meu Deus!

22

OLHAR CORPORATIVO

E não poderia deixar de dizer que os ensinamentos e as lições da viagem não se aplicam apenas à vida pessoal, mas à vida profissional também.

Gostaria de fazer algumas reflexões....

Todos temos sonhos, alguns pequenos e outros grandes. Independentemente do tamanho, o que fazemos? Procuramos ir ao encontro dos sonhos, correto?

Com esse pensamento, podemos considerar o meu sonho de conhecer o Himalaia. Para realizar a viagem precisei: planejar, organizar, definir, dialogar, preparar, apresentar, liderar, entre outras coisas. Acho que são palavras e ações com as quais convivemos no nosso dia a dia.

O planejamento iniciou-se com a definição do local. Em uma atividade, sempre realizamos a análise e determinamos as etapas a serem realizadas. Após a definição do local, iniciei os preparativos e, principalmente, os treinos (atividade esportiva). No mundo corporativo, o treino é a constante atualização dos conhecimentos.

A ansiedade da viagem considera as atividades sob nossa responsabilidade, que nos deixam ansiosos, tensos e felizes. E as visitas realizadas, em que conheci a cultura dos países, nada mais é do que os treinamentos específicos promovidos pelas empresas com foco na cultura e na liderança.

Enfim, iniciamos a caminhada ou trekking, em que encontrei dificuldades e adversidades. Nossa, tudo o que vivenciamos no

OS PENSAMENTOS NO TETO DO MUNDO

ambiente profissional: ter cuidado ao caminhar e olhar atentamente ao nosso redor estão sempre presentes em nossas rotinas.

As dores nas costas, por exemplo, são adversidades que poderiam comprometer o rendimento na caminhada. O que houve para que eu seguisse em frente? Primeiramente, o choque de realidade ao ver a senhora com o balaio de lenha nas costas, sorrindo. Ou seja, por mais que tenhamos problemas e dificuldades, não podemos desanimar! Devemos analisar o que podemos fazer para resolvê-los. No meu caso, lá, ajeitei a postura e a altura dos *stickers*, alinhei a mochila e olhei para frente com a cabeça erguida.

Alguns desistem das atividades ou as deixam em segundo plano no primeiro problema. É importante não procrastinar! Se eu tivesse mantido a postura errada ao caminhar, o nível de dificuldade teria sido maior. Mas percebi a necessidade de correção e enfrentei o problema. Muitas vezes, profissionalmente, as pessoas deixam de fazer uma atividade quando não gostam ou possuem dificuldades, postergando-as.

De repente, alertaram-me para algo em que não tinha pensado: a disponibilidade de chuveiro no decorrer da viagem. Eu não havia me atentado a isso, porém me adaptei a esse contratempo. Estar aberto para mudanças é muito importante — *soft skill*.

Os momentos de humildade, de quando aceitei a ajuda de Kumar quando minha mão congelou e ele sugeriu trocar as luvas... Estava usando uma das melhores luvas, mas tive problemas. O gesto das pessoas da casa na trilha ao nos oferecer o chá devido ao frio, o casal do lodge me tratando com tanto carinho e tanta preocupação, e quando Kumar me incentivou dizendo: "*Vamos... Vamos*". Profissionalmente, também devemos ser humildes em aceitar e receber ajuda, ouvir os mais experientes.

E nunca desistir! Tive momentos em que pensei fortemente em desistir, mas recebi o apoio e acreditei no meu potencial mesmo cansado. Muitas vezes, as pessoas desistem porque encontram obstáculos e consideram não poderem superá-los. Mas o importante é não desistir!

Conclui o percurso — superação, vitória! Mas foi uma conquista em equipe, pois tive a ajuda de muitos desde a organização da viagem. A celebração foi com o guia sherpa que, com a sua simplicidade, entendeu a minha alegria. E assim é no mundo corporativo: não estamos sozinhos. Diariamente temos desafios e devemos trabalhar em equipe. A finalização de um projeto não se dá pelas aptidões de alguns, mas do trabalho em conjunto, em que juntos somos mais fortes.

A viagem me transformou também como profissional.

23

GRATIDÃO

Momentos que guardamos para sempre... Gratidão...

Foto 176 – Rede social, Pushkar

Fonte: arquivo pessoal

Foto 177 – Rede social, Kumar

missed a those beauty full moment when I meet a Wagner Santos as a face of tourist in my beauty full and rich in natural resources country Nepal I had also learned many important activities from Wagner

Fonte: arquivo pessoal

Foto 178 – Rede social

Fonte: arquivo pessoal

A vida é uma constante troca... Aprendemos e ensinamos.

24
CONSIDERAÇÃO FINAL

Foto 179 – Travessia de uma ponte suspensa

Fonte: arquivo pessoal

Para refletir:

Há uma força motriz mais poderosa que o vapor, a eletricidade
e a energia atômica: a vontade.
(Albert Einstein)

Foto 180 – Ticket de controle

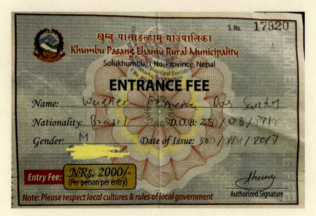

Fonte: arquivo pessoal

Foto 181 – Ticket de controle

Fonte: arquivo pessoal